猫の客

猫客

［日］平出隆————著

李满红————译

上海译文出版社

一

　　起初，看上去似乎浮着一小片云。云儿飘荡着，又好像随风左右轻轻摇摆了一下。

　　厨房角落的小窗，紧靠着高高的木板围墙，连人也几乎不能从窗和墙之间通过。透过小窗的磨砂玻璃向外看时，和放映室的昏暗屏幕特别相似。围墙上有一个木节孔。围墙外是一条三米宽的小路，简陋的屏幕上总是在放映小路对面北边的绿篱。

　　每当有人路过小路时，身影都会映满小窗。和暗箱的工作原理一样，从暗暗的室内向外看，路人好像在倒立行走。天晴时，就看得更清楚了。不仅如此，映在小窗上的身影的前进方向还和实际相反。路人离木节孔越近，映在小窗上的倒立身影就越庞大，几乎要溢出去似的。路过后，却瞬间消失得无影无踪，好似一种特殊的光学现象。

然而，那天出现的浮云，一直停留不前。即使接近木节孔时也没变大多少。通常膨胀得最大的地方，也不过映在小窗的上半部，仅有手掌一般大。云儿在小路上摇晃着，似乎有点犹豫不决。过了许久，终于传来了一阵微弱的叫声。

我和妻子决定将这条小路命名为"闪电小路"。

乘地铁由新宿向西南方向去，大约经过二十分钟，在快车不停的一个小站下车后，再往南走十分钟左右，正好来到一个小坡。小坡上只有东西方向的道路上有车通过，斜穿过去后，前方变成了一条还算宽敞的下坡路。顺着平缓的下坡路走七十米左右，可以看到左边有一户古香古色的人家，正面的围墙用泥瓦筑成，半腰上还围了一圈竹片。从围墙跟前往左拐，会发现侧面是朴素的木板围墙。

被泥瓦墙和木板墙围起来的大院子里有一个别院，正是我们租下的住处。木板围墙的正中间偏右有一扇小木板门，是房东家通往厨房的侧门，同时还供房客使用。木节孔就在小门再过去一点的围墙上，就像一只从没被人注意到的眼睛一样。

路人谁也不会想到，自己的身影会那么明显地映在木板围墙后面的一扇固定的小窗上。路过这一段后，左边是一户人家突出来的砖围墙，小路朝右折成了一个锐角。刚通过这个转角，又会碰上一户屋顶被繁茂的大榉树覆盖着的人家，小路又朝左折成了个锐角。总之，小路的两个转角的角度非常尖锐，形状和闪电图案很接近，因此，我和妻子戏称之为"闪电小路"。

给小路带来绿荫的大榉树有很长的树龄，很可能是被区政府指定的保护树，房屋的结构也精心设计成围绕着树干。

自由自在伸展的树枝已经延伸到了我们房东的主院东面，还给坐落在东北角落别院的小屋，带来了浓浓绿荫。不过，每到晚秋时分，厚厚的落叶总是引起房东老太太的无数叹息。有一天，一只小猫无意中闯进了闪电小路。几天后，下决心收养它的是大榉树那户人家年仅五岁的小男孩。

虽说是我们的东邻，正好处在闪电的转角上，进出时并没有碰面的机会。邻家和别院相接的部分除了一扇换气用的小窗之外，只剩下墙壁。最主要的是，身为一个租住小别院的房客，我们并没有很强的左邻右舍意识。

小男孩常常在小路的转角处欢快地玩耍。我和妻子总是在晚上开始伏案，生活规律太不同了，难得有机会碰面。

"我要养这只猫！"

尽管如此，清晰的声音，隔着围墙传到了我们已经不早的早餐桌上。这几天，我们常常会逗一逗在狭窄的小院周围停留的小猫。当听到小男孩的声音时，脸上不禁都泛起了一丝笑意。

后来回想起来，正是在那时，我们失去了良机。

有一天，一只小猫无意中闯进了闪电小路。

二

　　小男孩的昂然宣言，一定也传到了房东老太太的耳中。当天傍晚，从邻家的门前传来了一阵闲聊声。

　　"你们家打算养猫？"

　　年高八十的房东老太太声音很爽朗，还带点咄咄逼人之势。真的很让人头痛的，老太太接着阐述下去：从四面八方侵入院子里的猫儿们是如何如何搞破坏，如何如何在屋顶上捣乱，有时甚至还在房间的地上留下泥脚印。

　　面对房东老太太的主张，年轻的邻家太太轻柔优雅地应对着。本以为她只能打一场防御战，意外的是她并没有妥协。一定是因为她知道小男孩在身后拼命地祈祷着。最后，妥协了的是房东老太太。

大约在两年前，和房东老太太签订租房契约时，合同中有一项规定是不出租给有小孩或养宠物的人。

那时我和妻子都快三十五岁了，两个人都还没有想过要孩子。

关于宠物，我们俩对猫不是特别感兴趣。加上我们都有工作，也没有精力养狗。因此，可以说我们非常符合房东老太太提出的条件。

好友中有一些爱猫人士，他们对猫的溺爱曾让我目瞪口呆。甚至还见识过全身心为猫奉献，已经达到了恬不知耻地步的场面。仔细想想，并不是不喜欢猫，只是觉得和爱猫人士之间有一定的隔阂。更重要的是，对猫这种动物我并不太熟悉。

儿时，我曾养过狗。一直认为人与狗之间的关系简单明了，通过一条链子，服从者和被服从者之间的紧张气氛达到了清爽舒畅的境界。

正好和邻家小男孩一般大的时候，我们一家住在公务员宿舍大院的一排小平房里。有一天，刚养不久的小狗被偷走了。大概是在一个星期六或星期天的正午过后，父亲发现拴在家门口的斯皮茨狗不见了。

"捕狗人！"

父亲低声嘟囔了一句后，马上惶恐地把这句话又咽了回去。带上我飞奔出大院，找遍了四面八方，可小狗和捕狗人早已了无踪影。

至今我还清楚地记得，当时把"捕狗人"这句话咽回时父亲的表情，让年少的我也意识到不能再往下追问。听姐姐说，她记得当年的小男孩哭了整整一个晚上，可我连有没有流过眼泪都已想不起来了。

虽说对猫不是特别感兴趣，妻子对动物们的生态却非常精通。

据说，从儿时起她就和哥哥一起捉来小龙虾、四脚蛇什么的养在鱼缸里。人工孵化过各种各样的蝴蝶，让它们在房间里翩翩起舞。养过白腰文鸟、金丝雀、小鸡，还照顾过从树上摔下的小麻雀、受伤的蝙蝠。

现在，每当看动物节目时，即使是遥远国度的珍奇种类，妻子也能准确地说出它们的名称。因此，"对猫不是特别感兴趣"，对于妻子而言，意味着对各种各样的生物一视同仁。对于丈夫而言，意味着喜欢狗还是喜欢猫。两者之间有很大的差距。

自从成了邻家的一员后，伴随着铃铛声，系着朱红色项圈的小猫常常出现在小院中。

主院的大院和别院的小院之间只隔了一道木板围墙。大院里有花木、假山、池塘、花坛，非常气派。小猫也似乎更中意在那儿玩耍，总是先在小院里稍落下脚，随后便独自奔向宽敞的大院。

当正对小院的房门开着的时候，小猫在往返途中会往里面悄悄地看一看。好像一点也不怕人，但警惕心非常强，每次都是竖着尾巴静静盯着我们，一点也没有要进来的意思。在屋外想抱抱它的时候，总是被它突然逃脱。勉强把它抱起时，它就张牙舞爪地反抗。另外还怕引起房东老太太的反感，我们倒也没有特意想要去驯服它。

这个真实的故事发生在一九八八年的秋天到初冬，也正是昭和时代①接近尾声的那段日子里。

---

① 日本昭和天皇在位期间使用的年号。一九二六年十二月二十五日至一九八九年一月七日。

三

小猫的名字叫小小。我在屋里躺着的时候，

"小小啊!"

传来小男孩又尖又高的叫唤声。跑来跑去的少年的脚步声伴随着轻轻的叮叮当当的铃声，就这样我知道了猫咪的名字。

小小是一种常见的日本母猫，大概叫玉猫吧，毛色雪白，泛着几个墨灰略带茶色的圆斑点，瘦瘦的小小的。

小小的特征是，在修长的小身子上，好动的尖耳朵格外显眼。另外，完全没有想和人套近乎的意思。一开始，以为原因在于我还不习惯和猫接触。后来明白并非如此。有一天，一个路过闪电小路的女孩停住脚步，蹲

11

下来盯着小小时它没有逃走。可是当她想摸摸小小时，它立刻敏锐地逃脱。一副果断拒绝的姿势，泛着青白的冷光。

小小的叫声也难得听到。刚刚出现在小道时，听到过它轻微的叫声，后来就再也没叫过一声。似乎是要让我们领悟到再也没有机会听到它的声音。

注意力不集中也是特征之一，这一点，小小长大后也没改变。不知道是不是总是独自在宽敞的院子里玩耍的缘故，不知从何时起，它开始对昆虫、爬虫等特别敏感。不对，它也许是在对风呀光呀带来的变化作反应。即使大多数的小猫都有这个倾向，小小的动作还是极端敏锐。

"当然了，它是闪电小路的猫啊。"

妻子常常一边指着路过眼前的小小一边称赞。

可能是邻家小男孩训练有方，小小玩球的技术越来越高。小男孩用的是手掌般大的橡皮球，常常能听到他们在小道上欢快的玩耍声，伴着无休止的弹球声。渐渐的，我也想在这边的小院和小小玩球。左思右想，终于有一天，把抽屉角落的乒乓球握在了手里。

可是当她想摸摸小小时，它立刻敏锐地逃脱。一副果断拒绝的姿势，泛着青白的冷光。

把球往檐廊下面的三合土地面上弹了弹，小小把腰贴紧地面，紧紧地盯着球。过了一会儿，它绷紧全身，并拢四肢往后退了一点，收紧了的发条似的蜷缩起来，接下来猛然一蹬地面，扑向白色的小球。然后一边在两只前爪之间把球拍来拍去，一边穿过我的两腿之间。

注意力散漫的毛病在这样出众的技巧之中也会突然发作。刚看到它抛下乒乓球敏捷地翻过身，下一个瞬间，小手已经放到躲在石头背后的癞蛤蟆的头顶上。再下一个瞬间，它又跳到反方向，伸长一只前爪滑进草丛，露出白色的肚皮，一边微微地上下抽动，一边盯着这边。马上又把玩伴置之不理，垂直往上跳起来抓住晾衣竿上晃动的内衣袖口后，穿过木门跑进了大院。

具体是谁记不清了，曾听爱猫的一个朋友说过，猫咪只有在还是猫仔时才喜欢玩球。可小小长大后却是一副越来越喜欢的样子。

小小的其他特征，借房东老太的话来说：

"那小家伙，是个小美人。"

常年轰猫出去的人物作出的评价是客观的。

据非常喜欢猫的一个摄影师说，爱猫人士都认为自

15

家的猫是最好的，其他猫都入不了眼。她还说，正因为意识到了这一点，所以刻意去拍摄谁都讨厌的丑得无可救药的流浪猫。

爱玩球的小小渐渐开始自己跑过来，邀请屋子里的人一起玩。它总是走进房间，专注地盯着我们看，然后故意突然转过身，邀我们去小院。我们没反应的话，它会一直重复这些动作，却从来不吭一声。往往都是妻子放下手中的工作，一副兴高采烈的样子拖着拖鞋应邀而去。一起玩了好些日子后，小小养成了进屋休息的习惯。当看到它把身子蜷缩成勾玉形状睡在沙发里时，感到无比喜悦，仿佛是屋子本身在梦中看着这副情景。

我们常常趁房东老太太不注意，让小小自由地在屋里玩。渐渐地，我也开始理解爱猫人士的心情。的确，不管是电视里还是挂历上都找不到比小小还漂亮的猫。

可是，虽然已经开始认为它是最好的，但到底不是自家的猫。

"叮叮当当叮叮当当"，每次都是铃声先到，身影后现。有时，不叫它小小，而叫它"小叮当"。不知何故，这个是在盼望它来玩时专用名。

"小叮当怎么不来啊。"

妻子的话音刚落，就听到一阵叮叮当当叮叮当当的响声。往往这时小小已走出邻家大门，跳过在闪电小路第二个转角处和我们家交界的铁丝网破洞。然后，它沿着我们屋子的墙壁绕到檐廊，跳上来，两只前爪趴在大人膝盖般高的窗框上，伸长脖子往屋里看。

入冬了。小小渐渐成了我们生活中的一部分，从微开的窗缝，像一条小小的河流不断地顺着平缓的斜坡流淌般，一点一点地浸透进来。伴随着一种可以称为命运的东西。

四

"命运（Fortuna[①]）"，并不是我的常用词。可是，自从邻家小猫频繁来访后，开始觉得有些东西只有用这个词才可以表达。

整个房东的大院原本是一个京都军人在昭和初期所建，庭院也由京都的园艺师设计。整体差不多有四百六十五平方米，是一块往东西方向延伸的长方形土地。南半部引进了水流，院子里种了不同季节的花草树木。

中央偏东是一个池塘，用来接人造瀑布跌落的水流。离池塘比较远的檐廊附近埋了两个睡莲缸，一个种了睡莲，一个种了萍蓬草。另外还有一个清爽的青花瓷火盆被埋在池塘边上，黑色的水上也浮着睡莲。

据说，房东老爷爷和老太太是在五十年代末买下了

18

这个家。四个孩子一个个独立后，只剩下两个老人家住在这儿。和原来的主人一样，老爷爷也总是精心打理庭院的花草树木。

一九八六年的夏天，我们被站前的房产公司带到了这家的别院。当时，我们遇到了意外的变故，不得不放弃原来的租屋。那时身心疲惫到了极点，没有气力去找新的住处。托一个熟人帮忙算了一卦，说朝丙方位开十五度的范围内最佳。出乎意料，在那个极端狭小的扇形里，我们轻而易举地就遇到了这个房子。

穿过保留着古老情趣的商业街，上完一个小坡后，往南下去是一片住宅区。平缓的下坡路很宽，但过往的车辆并不多，精心打理过的家家户户的院子都各有风情，浮荡着一层平和的空气。在我刚刚踏进这个充满静静的气息的地方时，心里感觉到一种不可思议。还有一个印象是路上可以看到很多老年人。

走了一会儿，房产公司的人把左边的一户古色古香

---

① 意大利语。下文中的 Virtu、Necessita、Virtu · di · Necessita 都是意大利语。

的人家指给了我们看。院子的大门是带了屋顶的，上面完全被修剪好的松树枝覆盖住了。围墙是泥瓦砌成的，下半部围了一圈竹片。我和妻子一起跟着他从围墙跟前拐进了小路。

尼可罗·马基雅维利曾经对命运做过一番考察，他认为"命运（Fortuna）"主宰超过一半的人生，剩下的略小于一半的人生归"人的力量（Virtu）"支配，用来和命运对抗。他把命运比作变化无常的女神，还把命运比作不知何时会泛滥的洪流。

马基雅维利是佛罗伦萨共和国的政治家，留下了众多政治思想著作及提倡了国家至上主义。他还是一名词藻丰富的诗人，留下了多篇诗歌、戏曲和寓言。在他的这些形式不同的著作中有一个共同主题——"命运（Fortuna）"。然后，会出现"Virtu"这个可以译为力量、美德、才干、手腕、英勇、气概、气派等二十种意思的词。另外，当可以译为必然、必要、拼命的"Ne-cessita"一词也出现时，显示出一种独特的昂扬的气氛。马基雅维利认为只有"Virtu·di·Necessita"即"非常时期的力量"才能和命运对抗。

当他把命运比喻为河流时，据说那条河流一定是指经常在佛罗伦萨泛滥的亚诺河。在担任共和国执政委员会秘书这一政治要职时，他和当时被聘为军事建筑师的列奥纳多·达·芬奇一起合作，努力想实现改变亚诺河流向的宏大计划。但是，据说五百年前的这个计划因为天灾人祸而以失败告终。

在他的著作中，对命运做出过众多比喻。其中，"不知何时会泛滥的河流"——这个在《君主论》第二十五章中的比喻令我觉得尤其意味深长。也许，蕴含在这个比喻中的苦恼来自于他自身经历过的重大失败。

　　那么现在让我把命运比作这一带毁灭性的河流之一吧。当它狂怒时，淹没原野，拔树毁屋，把土地搬家。在洪水面前人人奔逃，屈服于它的暴虐之下，毫无能力抗拒①。

可是，对所有拥有生命的东西来说，在某条道拐

① 参考了潘汉典译《君主论》（商务印书馆）。

弯、从某一扇门进去的动作，原本就不是被赋予了一种开拓小河的性质吗？每天都在重复的动作，形成了一条河流。而且，这个极小的河流正因为是河流，所以终有一天会流向大河。我认为，不论是马基雅维利的政治论著，还是他的诗歌、戏曲和寓言都以这个思想为基础。

五

　　租屋的厨房兼饭厅紧贴着闪电小路的第一个锐角。靠西的洗碗池前的窗户正对着房东家洗碗池的窗户。从饭厅东面的凸窗，越过木板墙上拉的铁条，可以看见拐过小巷转角的路人的头。

　　在屋里往南走，右手边可以看到磨砂玻璃格子门的玄关，左手边可以看到壁橱的隔扇，还有两张榻榻米宽的走廊。再走过去，是一间贴了六张榻榻米的和室。一进去，右边靠门的一半是壁龛，另一半是壁橱。东边是隔扇式玻璃门，从那儿可以看到拐过闪电小路的第二个转角的路人的背影。

　　和室过去是一间要稍微小一点的木板地房间，正对着南边的晾衣场。旧旧的木板围墙把小院整个都围了起来，和漂亮的房东的庭园完全隔离。

窗户很多。木板地房间的西边墙上是一扇竹格子圆窗，上面还绕着藤蔓。想必开始是作为茶室建的，又或许是想建成望月堂。据说，从那儿眺望庭园里的假山，风景最佳。现在别院里加建了洗澡间，把从圆窗可以看到的风景从外面堵住了，房客的家具也从里面破坏了圆窗的高雅情调。

窗户多，可以消除疲惫，让心情舒畅。南边是膝盖高得占了整个一面墙的大窗户，看得见广阔的天空。房东家的院子很宽，东邻的大屋子靠这边的墙上没有开像样的窗户，再加上这一带的地势往南倾斜，因此从外面看不见屋里。伸向小院屋顶的屋檐的一部分是强化玻璃，形成了一个斜面的大天窗，把日光充分引入屋内。

一九八七年早春的一天，在搬到这个家正好半年左右的时候，我打开铝制边框的窗户，南边吹来的风像雪崩般吹了进来。把洗碗池上的窗、两间房间东面的玻璃门，加上饭厅的凸窗和卫生间的窗户，都一一打开，整个屋里瞬时变成了鼓风的洞，开始发狂。我瞠目结舌地往云朵快速流动的晾衣场方向看，缠在一起的两棵细手

24

腕般粗的寄生植物被风折断掉了下来。抬眼一看，邻家的大榉树，把树干和树枝全部动员起来，全身心地接受着强风的洗礼。透过斜面的天窗，时不时地射进几道阳光，马上又变暗了。在忽明忽暗之间，梅花花苞也被吹进了屋里。小书桌上的稿纸被吹了起来，又落了下来，再像有意识似的想往上飞舞。

不知道是不是因为屋里的东西也布置得差不多了，再加上在整个别院里可以感受到季节的变化，我渐渐下定决心要在这里住下去。

木板地房间南边的天花板结构很特殊，外面屋檐的一部分伸进了屋内成了天花板。伸进室内的屋檐是带了格子线条的半透明玻璃，起到了天窗的作用。整个房间的地板上都铺了藤制地毯，我常常直接躺在上面，把手臂垫在头下，等待光的变化。

下雨了。刚下的时候，像显微镜下的标本一样，可以看得清雨滴大小的变化。朦胧看得见流动的云朵的和飞舞的树叶。深茶色的影子慢腾腾地走了过去，好像是常常在院里出没的偷嘴猫的肚皮。

玻璃屋檐上停着小鸟，把粉红色的爪子按在上面。

才刚停住，就开始哧溜哧溜往下滑。觉察到这个地方有点危险，小鸟慌忙跳回了棱木上。透过半透明的玻璃，没有看清是什么鸟。

那两三年，一直在慢慢地努力准备辞掉出版社的工作。

一直以来，工作有关的饭局、周末常常参加棒球赛等等，自己给自己安排的事太多，一直在缩短写作时间。这样的日子越来越多，为他人作嫁衣裳的编辑工作也渐渐做得不够完美。

有一天，可能是棒球玩过头了，右手臂上发了一大片水疱。几天后，从右手到右肩，再到了脖子右边，都布满了水疱。不知道是不是因为脖子的神经和左脑的语言中枢相连，感觉到思维开始变得迟钝，说话也有些问题。

原来得了带状疱疹，是一种沿着疲劳过度的神经系统，半边身体被细菌感染的病。花了一个月左右的时间差不多治好了，可是不知什么时候还会再发。这样的身体状况让我想下定决心辞去工作。可是，我心里清楚光靠还没完成的自己的写作工作是不够生活的。就这样，我还是下不了最后决断，忧郁地度过每一天。但不知为何，自从搬到新家后，多年来的难题终于有了答案。

我走到在厨房里的妻子身边，

"我们去咖啡厅吧。"

妻子一边往后退一边说：

"别吓我呀。"

其实她早就知道我想说什么。

在车站附近的商店街的咖啡厅里，我把正在做的写作工作的稿费、版税以及到款日期都一一列成表格，摊在咖啡厅的桌子上。妻子是出版社的兼职校对员，她的工作主要是检查校样、验证事实及出典、把译文和原文对照并指出错误、纠正文章的用词，有时还重新整理文章的结构。我把她的收入也算在了一起，并力证可以一起在家工作的好处。

一年半左右的生活费的话，差不多够了。不过，一年半以后的生活没有保障。这一点，我自己心里很清楚。可是，身为诱惑者，绝对不能露出丝毫犹豫的神色，我向妻子提议清贫而简单的新生活。妻子虽然还是一副不安的神情，但长年以来都在看着我在为能够辞掉工作而努力，她明白这个提议是不能推翻的。

回到家后，吃完晚饭，一起回到靠南的窗边并排的书桌边，又开始了各自的工作。不知不觉就到了深夜。书桌前的妻子无意中抬头看了看上方，发出了一声轻叹。

我也抬头一看，一轮圆月，月光洒满十二尺宽的镶了格子线条的玻璃屋檐，形成了一道银色的河流。

我也抬头一看，一轮圆月，透过两间屋子的带了格子线条的玻璃屋檐，形成了一道银色的河流。

六

空手而行是最佳选择。告诉我这个道理的是几位作家，还有和他们共同工作的岁月。虽然我的力量微不足道，但有幸能和一流的作家们一起工作。而这个经验却最终令我下决心辞去编辑这份工作，可以说是一种令人不可思议的结果。

有几位作家，我用发自内心的敬意和他们交往。我们之间如亲戚般亲密但又保持了一定的距离。在我刚过三十五岁，即将步入中年的时候，对我来说像家人般可以依靠的他们都陆续去世了。正在那时，我办好了辞去出版社职务的手续。

一九八七年夏天，我辞职了。两手空空无牵无挂的时候，第二年的一月份，突然传来了多年没有来往的好朋友病危的消息。

年长的 Y 是过去常常一起喝酒的朋友，也是打棒球的玩伴。更重要的是，在同年代的诗人中，他的才能令我肃然起敬。他结婚后有了两个孩子，在埼玉县的郊外买了房子后，有时邀他打棒球，他总是用蚊子叫般的声音找理由拒绝，让我也觉得不好再叫他出来了。渐渐也就变得疏远了。

他在东京都内的一家出版社工作，每天都非常忙，总是忙到末班车的时间回家。后来得了肠癌，一九八六年春天时做了一个很长时间的手术后，病人本人和朋友都被医院告知是肠梗阻。Y 是出生于雪国的男子汉，忍耐力非常强，出院后，他马上回到了繁忙的工作中。听说在上班路上，在高峰期的中转站转车时，他总是抓住楼梯的扶手一点一点往上爬。

杂志上也基本上看不到 Y 发表的新诗。高洁的人物并不想站在别人头上往上爬。而且，当时时代的潮流有先把高洁的人物压抑下去加速前行的倾向。

我赶到医院，躺在病床上的 Y 像一头猛兽似的默默保持着尊严，被尿毒症折磨得肿得像棒球手套似的脸

32

上露出了痛苦的笑容。

在走廊上，当医生告诉我只剩下两个星期的时间了时，我感觉到，

"绝不能忘记，将一天一天被折磨致死。"

被什么？说不清，但我似乎能够清楚地看到它。

不过，出乎意料的是，Y的病情奇迹般地一时有了好转。在肾脏里膨胀的癌细胞开始自然坏死，和尿一起排出了体外。并且，可能是强力的止痛药带来的副作用，他用过去一起醉酒时的豪侠般的语气，来和我这个前来探病的客人斗嘴。

我刚刚辞掉工作，正好有的是时间。好像常去的酒家似的，我整整四个月都坚持去郊外的医院探望Y。

在那期间，Y在大家的支持下，为自己的诗集的出版做准备。他开始把自己所有的作品整理，重新调整。修改好校样，并写了四篇新作后，他去了，在一九八八年的五月末。

现在的我能深切地体会到，三十多岁，实在是一个残酷的年龄。能渡过难关或不能渡过难关，在这道人生波浪的浪尖上，我好像无意中玩着渡过了，现在的我总

算意识到了。

发现家里的那个朴素的屏幕，正是在收到 Y 的病危通知后心情忧郁的时候。

有一天刚过中午，从厨房那边传来了叫我的声音。离开书桌过去一看，却找不到妻子的身影，只听见她的声音从闪电小路的第一个转角处传来。

"你盯住厨房的那个窗户看。"

在厨房一角，是一块正好够卫生间门往外打开的宽度的墙，上面开了一扇屏幕似的窗户。是这个家中唯一朝北的窗户，被初春的寒气封了起来。我第一次注意到，在磨砂玻璃的中央，不知道是不是映着木板围墙的缝隙，绿色的竖线隐约可见。这时，听见一阵故意发出来的脚步声，从右手边慢慢靠近了过来。妻子变成了一个鲜明的天然色的倒立图像，从左边像踮着脚似的浮现。在我盯着看的时候，图像伴随着脚步声往右边消失了。

我赶紧拉开小窗。木板围墙上有一个比硬币还小的木节孔，眯着眼睛靠近过去，可以看到小路对面人家高出一截的绿篱。光线透过木节孔之处倒立射进来。

我让妻子走过来走过去，自己反反复复地享受这个单纯而鲜明的幻影。接着把妻子叫进来，换成我到小路上的同一个地方走来走去让她看。然后，两个人坐在玄关的台阶板上，等了好一阵本来就不多的过路人。这座通风很好的房子，好似照相机的暗箱，只照进需要的东西，给人的心情带来平静。

七

　　我常常反复想起小小第一次走进我们屋里的情景。那是一九八八年深秋的时候，天皇从九月中旬吐血后身体状况突然每况愈下，全国都是谨言慎行的气氛。

　　面朝从房东的大院隔出来的小院，有一间用来放洗衣机的水泥地小房间。在一个晴朗的午后，不知何时起小小从开着的门缝走了进来，白亮的四肢咚咚地踩在被太阳晒得发白的竹苇子上，一副好奇却不乏礼貌的样子张望着屋里。

　　房东老太太常常在院里轰一只花猫出去，好像是南边邻居家的。另外还有一只泥巴色的老流浪猫也常常出没在院里。听房东老太太说，她家的推拉门开着的时候它还想到我们这边来，即使我们不在家。听到这番话

有一个晴朗的午后，不知何时起小小从开着的门缝走了进来，白亮的四肢咚咚地踩在被太阳晒得发白的竹苇子上，一副好奇却不乏礼貌的样子张望着屋里。

后，妻子开始亲切地叫它小泥。

房契有一条注意事项是不租给有小孩和养宠物的人。有一天，房东老太太对妻子抱歉地说：

"对不起，写上那样的条件。"

她接着说，对上了年纪的两个老人家来说，安静是最重要的条件。

但安静的日子也快到了尽头。老爷爷的身体越来越弱，不久后他就躺在主屋西边的洋式房间里，卧床不起了。整个屋里的家务事太繁琐，老太太有点不堪重负。

老太太似乎开始无暇顾及猫儿们了，不再赶它们出去。猫儿们也比以前更放肆了，随心所欲地出没在大院里或围墙上。

自从小小学会进我们屋里玩后，只要打开门缝或窗缝，它就会静悄悄进来，但从来不在屋里捣乱。它在屋里慢慢地走，泛着墨灰色圆点的雪白小身子穿梭在家具之间。

小小仍然不叫，并且还不让抱。当我试图要抱它的时候，它似叫不叫地轻微"喵"了一声，朝我竖起尖牙后，从手中逃脱了。

妻子马上责备了我对它的挑逗。对着被小小用尖牙警告的丈夫，她用一种嘲讽的语气说道：

"我才不抱它呢！我要它自由自在的。"

从此，小小在屋里随心所欲进进出出，想睡的时候就睡，用自己喜欢的姿势，而且不再有人试着要摸它。

从一九八八年末到一九八九年初，我有两本新书要赶着完成。大年三十①的时候，到附近的古庙里撞了一下送岁钟后，再去另一个方向的神社许了新年的愿，最后在深夜的荞麦面馆里吃了迎新荞麦面。除此以外，每天都忙着伏案写作，完全没有过年的气氛。工作太赶了，家里的气氛也很紧张，特别是在快天亮的时候。当疲劳的程度达到极限时，不知为何，每天像约好了似的，都能看到一个灰白的小影子跳上檐廊的木板地，把两只小手扒在两张书桌面朝着的南边大窗窗框上。

于是我打开窗，迎接冬天清晨带来的客人，整个屋子都立刻苏醒了过来。

小小成了第一个来拜年的客人。正月去家家户户拜

---

① 从一八七三年起，日本停用了农历，改用公历。新年也按公历过。

不知为何，每天像约好了似的，都能看到一个灰白的小影子跳上檐廊的木板地，把两只小手扒在两张书桌朝着的南边大窗窗框上。

年的人被称为"礼者"。而这个礼者有些特殊，不仅从窗户进来，而且一句祝福的话也不说。不过，它似乎知道行礼时必须并拢双手。

就这样，新的一年开始了。一月七日，天皇驾崩的新闻传遍了全国。正好那时我刚写好了两本书，内容都和棒球有关。

八

　　我们在房里开了一道只有小小才能进出的通道。朝南的大窗户下面有一个四十厘米左右高的通风口，镶嵌着磨砂玻璃。把其中的一扇玻璃拉开七厘米左右，正好够小小进来。还吊了一块藏青色的棉布帘子在上面，用来挡冷气和防虫。

　　把一个装过橘子的纸箱放在和室角落的木板地上①，作为小小的屋子。里面铺好了毛巾布，放进了盛食物用的盘子，还在纸箱旁放了牛奶盆。

　　每次打扫卫生时都会把纸箱移到别的房间，如果小小正好那时来了，它在同一个位置找不到自己的小屋，就会露出一副沮丧的样子蹲在原地。

　　小小脖子上系的红项圈，有时会换成紫藤色。过来

44

时会戴着什么颜色的呢？每次都无法预料。不过，小小好像明白，在这个没有权利更换项圈的人家里面，也有属于自己地方。

有一次，小小进屋来时，正好家里坐着两个出版社的编辑。于是小小在站着的妻子身边转了四五圈，似乎是在向他们显摆自己是受到这家人保护的。

春分过后的一个下午，小小打猎了。它竖起全身的毛，嘴里叼着一只麻雀，一边发出吼声一边故意发出大脚步声似的上蹿下跳。听说，打到猎物后，猫一定会去给主人看。对小小而言，它的主人似乎是别院整个屋子本身，它绕着屋子边吼边跑，一圈又一圈。然后，跑到大院东边角落的菜园，一直折磨着不幸的麻雀，直到它不再动弹为止。

"我不抱小小，"

妻子埋好麻雀后，对我说道，

"是因为我喜欢动物们随心所欲的。"

已经四月了，青灰色的小灰蝶在院子里飞得低低

---

① 日本的和室地面是榻榻米，只有角落的一部分铺的是木板长条。

45

的，差不多快要擦着地面了。说不定，步行者会不小心踩着它们。

妻子还说，动物呢，比如猫，既然生为猫，每一只都拥有不同的特点，这很有趣。

"小小外表是一只猫，对于我而言，它是一个心与心相通的朋友。"

然后，她还告诉我一个思想家的格言——观察是一种不会陷入伤感的爱的核心。好像她还时不时把和小小一起度过的点点滴滴写在一个大笔记本里。

六月时，我把妻子留在日本，为了写下一部作品，独自一人去加拿大和美国取材。那段时间，小小开始有了变化。不知道是不是被主人调教的，它从来都不会踩到被子上。可是有一天晚上，它突然静悄悄走到妻子盖的被子上，横下身子，然后就在旁边睡着了。

我可能在美国感冒了。回到日本的当天晚上，我早早躺进了被窝里。小小过来了，它习惯地跳上了被子，不过马上就发现被里躺着的不是同一个人。

小小犹豫了一阵后跳上了化妆台，一边把自己的身影映在镜子里，一边从布帘子的侧面跳进了壁橱里。就

就这样，它把只挂了一块布帘子的壁橱的上层当作了睡房。

这样，它把只挂了一块布帘子的壁橱的上层当作了睡房。从此以后，为了方便小小可以随时入睡，而我们也可以睡得不错，每晚都早早把被子搬出了壁橱。

九

一九八九年六月二十一日，是妻子和小小绝交的日子。

九州的亲戚来东京玩，给妻子带来了有明海产的大虾爬子。打开一看，差不多比一般寿司店的虾爬子要大两倍。

头上有大小两对触角，五对爪子中的第二对是大大的镰刀形的掠肢，用来捕捉小虾小蟹。尾部平板，可以用来在浅海的泥里挖洞。全身是浅褐色的，背上有几条彩虹色的线。在开水里一过，就变成了在寿司店或超市里常见的紫褐色。

初夏是虾爬子的产卵时期，格外肥美。当晚，煮虾爬子成了晚饭的主菜。伴随着一阵"叮叮当当"的响声，猫客驾到了。

　　小小一看到大虾爬子，立刻兴奋到了极点。那副样子，和吃烤鱼或生鱼片时完全不同。不过，妻子还是和平常一样，一边和它打招呼，一边把一只虾爬子捏在手里伸到了它的嘴边。

　　小小把背上的毛竖得像鱼背鳍似的，尾巴膨胀得狐狸尾巴般大，转眼就把虾爬子吞了下去。不知是味道太好，还是口感太棒，感觉它又多了一种兴奋。

　　妻子又给了它一只。小小打抢似的吞了下去。过了一会儿，又给了它一只。小小还是一眨眼就吃了，坐在饭桌对面的我能清楚地看见它的舌头像火焰似的翻了过来。

　　小小没有耐心等待妻子再给它下一只，好像是嫌妻子动作太慢，全身显出一副焦躁的样子，眼睛倒竖成夜叉似的，把前爪扒在矮脚饭桌上，眼看着露出了钩形的爪子。

　　"不行，等一下！"

　　妻子一边说一边把盘子移走。可她的话音还没落，小小的牙齿已经深深地咬在了她手上。

血流了出来。妻子发出愤怒的尖叫，把小小甩了开去。它才好像突然被解除了魔法。

"滚出去！我要和你绝交！"

小小被声音的气势吓到了，一溜烟从开着的窗缝跑了。"绝交"，刚听到的时候我还觉得很可笑。

"它动了真格。"

妻子忍住痛说。看来手掌伤得不浅。不过是虾爬子嘛，我以为只是一时之气。不久，我才明白妻子是认真的。

她把小小的专用通道关闭，还把藏青色的帘子、纸箱、纸箱里的盘子和毛巾布都收了起来。第二天，第二天的第二天，妻子都默默地用毛巾擦去不知何时印在了大窗户上的泥脚印。

整整三天过去了

深夜的时候，听到紧闭的大窗户的方向有动静。反反复复，发出沉闷的响声。妻子站起身，从和室走过去，拉开窗帘一看，小小一往情深地反复往玻璃窗上撞。

我让妻子给我看了她的笔记本，那天晚上的记录是

第二天，第二天的第二天，妻子都默默地用毛巾擦去不知何时印在了大窗户上的泥脚印。

这样的：

　　"像一只白白的小鸟，睁着双眼撞向灯台。"

十

一九八九年七夕的那天，刚过中午，房东老太太打电话过来说迎接的车来了。我们怀着紧张的心情前去送行。

老爷爷躺在带着轮子的担架上，一副太阳有点刺眼的表情。戴着白手套的司机把担架的脚叠起来，想从车后面推进去，可是前后方向反了，只好重新再来，盖着夏天薄被的老爷爷疲惫的身子在道上转了一圈。一群穿着制服的高中生，一边路过一边回头张望。

房东老太太只提着一个手提袋，刚强地对前来送行的邻居们一一道别。然后，自告奋勇要送老太太去的煤油店老板把难得开出来的私家车开了过来。老太太在刚坐上副驾驶室后的一瞬间，脸上露出了强忍悲痛的表情。

　　汽车消失在坡的那一头后，第一次从已经成了空屋子的主屋的大门进去，在厨房里和一直在这里帮忙的保姆站着聊了一会儿，缓解了一下难舍之情。等她离开后，试了试新装上的门锁，然后再一次进到家里，从杂物间到防雨滑窗，把家具都差不多搬空了的房间一一检查了一遍。客厅的柱子上挂的日历刚好翻到七月七日那一页，这一幕深深地印在了我的眼底。

　　站在南边的檐廊上，可以看到整个院子。这时才知道，由于我们的租屋紧靠东边，老爷爷精心打理过的庭园的情趣只能感受到一半，老太太常说：

　　"随时都可以来院里散步哦。"

　　可是我们只进过庭园的东半边。隔着玻璃窗，每天总能看到卧床不起的老爷爷静静躺在房里的摇椅或床上。

　　可是，房东不在家了。这里成了无主的家园。

　　站在空荡荡的主屋的檐廊上眺望我们的租屋，和南邻交界的木板墙已经破旧得斜在一边，上面布满了爬山虎。

过了一段时间，渐渐我开始明白，靠房东老太太一个人来打理这个大院子实在是件力不从心的事。长年照顾病人，她自己也一点一点失去了生气。不仅如此，死和遗产继承的问题变得紧迫。老太太特别不愿意给人添麻烦，不仅是别人，连自己的孩子也是如此。自己的衰老越来越明显，这一年以来，她把三十年来的生活全部整理好，下决心搬进了养老公寓。

当然，房客也不得不放弃自己的住处。哪怕只剩下最后一点时间，我们还是想充分感受一下失去主人的静悄悄的大院子。

当我用手抓住橡皮水管，拧开接着电动水泵的水龙头给庭园浇水时，总是停在池塘边上朝阳的大岩石上的蜻蜓飞了起来，微微泛着一点白粉的净蓝色身躯浮在空中，战战兢兢地靠近从水管流下的井水。我用手捏住水管口，水流分成了两道，在空中划了一个更高更大的弧线。不知道是不是因为和我之间隔开了一定的距离，它不再害怕，一边在空中停留，一边像精密机器似的轻吻着空中的水流。

每天早晨都重复这些动作，渐渐地，只要我开始浇

它不再害怕，一边在空中停留，一边像精密机器似的轻吻着空中的水流。

水，蓝蜻蜓就毫不犹豫地飞过来，长时间在空中的瀑布中逗留。据关于蜻蜓生态的书上说，蓝蜻蜓往往是独自一个占领饮水地盘。我想，这么说，每次都是同一个"他"吧。

"我的朋友。"

我一边差点要自言自语说出了口，一边和它尽情地玩耍，直到它飞走以后。

主屋和别院之间低低地架着晒衣杆，为了方便挂衣服，上面歪歪斜斜钉着钉子，缠着铁丝。八月末的一天，在晒衣杆上，那只年轻的蓝蜻蜓和一只黄色的雌蜻蜓相连，形成了一个有点变形的心形环。靠近去看时，它们维持同样的形状飞到院子西边的树枝上。我再靠近去观察时，那个变形的心形环再次飞到了头顶上的空中。

十一

　　清理池塘的垃圾，疏通水流。清除岩石间树梢间的
蜘蛛网，拔掉院里的杂草。这些工作，都是在写作的休
息时间，为了放松心情来做的。可是，要维持这个大院
子，课题越来越多。当开始和院里的细节打交道时，往
往转眼就花了半天时间。要把整个院子打理得井井有
条，实在是我这个业余园艺师做不到的。

　　可是，再过不到一年，这个屋子和院子都要卖出去
了。即使心里明白这个事实，我还是像一个住家园丁似
的，生活在已经可以称作废园的这个大院的角落里。

　　房东老太搬进郊外的养老公寓后，常常打电话过
来托我办些事。比如查他们留在屋里的电话号码本，
去区政府取资料等等，都是一些琐事。每次我都会问

候老爷爷，老太太说他的身体状况在缓慢地走下坡路。有一天，我们被告知老爷爷住进了公寓旁边的医院。

每次挂电话之前，老太太都会说：

"随便用大屋子哦，不要客气哦。"

"要开冷气哦"，当每次都会加上的这个台词变成了"要开暖气哦"时，已经到了深秋时分了。

老爷爷在医院里去世了。房东的女儿通知我们，老太太特别希望我们参加葬礼。于是我们去参加了在养老公寓附近的殡仪馆举行的告别式。房东和房客，主院和别院，这样的关系只持续了三年，可我们像新结的远亲一样，坐在了列席者中。

这是怎么一回事呢？我在心里重复了一遍又一遍。不知为何，妻子和房东老太太特别合得来。再加上生活在同一个院里，保持了恰到好处的不即不离的状态。不过到底还是外人，葬礼结束后，我们在回家的路上去所泽的棒球场看了比赛。那天是和能不能取得联赛冠军有关的重要比赛，而且还是一天内举行两场比赛的特殊日子。看比赛时，穿着黑色丧服的我们夫妻俩还第一次参加了波浪舞①。一边兴奋地观看比赛，一边感觉到我们这样的举动似乎是在听从房东老太太的吩咐。老太太对凡事都是一种很自然的关心，让我们也明白顺其自然是多么的重要。

老太太和坐在厨房后门门框上的妻子聊天时，常说：

"没有孩子也不是一件坏事，没有必要特意去要。说不定这样反而更好。"

听妻子说，老太太不仅仅是在安慰她，话音还带有一种洞察世事的语气。但并不觉得她为了孩子吃尽了苦头。听说她的四个孩子都很有出息，各自建立了自己的家庭。偶尔见过面的，葬礼上第一次见面的，都给人很好的印象。正因为如此，老太太的那番话更让人觉得有更深的意思。

从房东夫妇搬走的那个七夕起，每天白天，我把主屋檐廊的玻璃门都打开，把西式房间里的老爷爷的床头桌搬到檐廊，客人用的带扶手的椅子也搬过去。在正对

---

① 棒球比赛时，球迷的一种加油方式。球迷们按纵列的顺序，一排排的轮番举起双手站起来，再坐下去，从远处看起来像是波浪起伏，因此称为波浪舞。

着院子的这个位置，我开始在这里写作。炎热的日子也没有开冷气。我本来就不太喜欢冷气，加上屋子的屋檐很宽，一点也不热。空荡荡的老屋子里没有什么生活用具，让我能感觉到屋子本身的气息。正因为不是自己家，所以更让我感到屋里笼罩着一种浓密的东西。

有时回自己的租屋接电话时，主屋暂时成了空房子，当我再过去时，有时会看到匆匆逃离的小小的身影。它从邻家到院里玩耍，还跑进了屋里。在我们的租屋里的话，它应该不会逃开的。在这儿撞见时，又产生了另一种关系。

就这样，我整天都坐在老爷爷的沙发里，有时蝴蝶呀蜜蜂等等会飞到檐廊，悄悄潜入铺着榻榻米的客厅暗处。从这个房间飞到那个房间，长久逗留的也有。有时，黑色翅膀泛着妖艳青光的玻璃蝶会摇摇晃晃地飞了进来，在坐垫的边缘上停留片刻。

就那样，换了年号的一九八九年①的夏天已经过去了，秋色也越来越深。

---

① 一九八九年一月八日，日本年号由"昭和"改为"平成"。

晚上，我依然在主屋的檐廊上写作，一边听着秋虫的叫声。修剪成了半球形的绿树们看起来好像重叠在了一起，京都风格庭园的景色看起来太像在旧杂志里看见过的作家过于完美的工作场所，有一种很不现实的感觉。但是，一想到这个地方马上就要被剥夺了，我起了一种不必要的焦虑，觉得现在正是该把长久积压的工作完成的时候。

有一天深夜，我听见有人打开了大门，接着听到走进屋里的脚步声。我赶到长走廊上，看到一个穿着西服的五十岁左右的身影。他在还没有看见我时就已经开始叫我的名字，想让我放心。

"哎呀，本来想先打电话再过来的。啊，不要在意我哦。"

来者是房东老太太的儿子，我们在葬礼上见过面。他是一家公司的董事，家住在湘南，听老太太说过，当都内的工作很晚才结束的时候，他有可能会来这里住。

放在檐廊上的老爷爷的床头桌上，书和稿纸堆成了好几座山。其他地方都是空荡荡的。但他还是一副在熟悉的房间里的样子，乘着醉酒的兴致，脱下西服松开领带。好像是为了不要让我介意自己太随意的服装。

"你继续工作吧。"

他好心地说道。可我还是把该收拾的收拾好，急匆匆地回到了别院。

十二

　　小小对人没有兴趣。可是，从东邻一到这边的大院，身心一变，用鼻子闻遍绿丛中各个角落，时而凝眸而视，时而伸进前脚。有时会突然跳了起来，像失去了控制似的全力奔跑。房东老太太们搬走后，在院里的石灯笼也不再点亮的日子里，这样的情景，深夜时天亮前都在重复。

　　对小小来说，也许大院是一座森林。

　　和小小在一起自由自在玩耍时，有的瞬间，它好像感应到了这个地方的一切，全身像波浪般起伏，在院里无头无脑地狂跑一通后，爬到高高的树顶上，像要到另一个世界去一样，把身躯悬在半空，不停地颤抖——我看到过它这些动作的全部过程。

用同样的租金，可以享用宽大的院子，还可以和小小探险家客人一起尽情玩耍。不过，这样的日子一开始就已经限定了日期。

十月，老爷爷去世后，老太太把早已下定的决心，在四个孩子面前宣布。这几年来，地价高涨，遗产税也变得特别高，作为解决办法，只好把屋子和土地全部卖掉。期限在来年一九九〇年八月。一想要和小小分开了，每晚的游戏，变成了一件令人悲伤的事。

为了能继续住下去，我想了很多策略。可是，每个策略在三年前开始高涨的地价面前都是那么无力。在这一连串的过程中，我记住了划分地皮这个词。

在脑海里，把别院的地皮单独划出来，试着把房东的整个地皮南北分割。如果能把别院这块地皮买下的话，就可以继续和小小在一起。可是，即使是这样，对我们来说依然是个天文数字。

当我们试着站在小小的角度来想象时，感到一阵心痛。

突然有一天，在每晚都去留宿的屋子前吃了一个闭门羹。把手扒在窗台上往屋里张望，里面又空又暗，专用的通道也被封了。试着改天再去拜访，试着用头往上撞，还是没有人回应。终于有一天，拆迁公司的人来了，开始粗暴地拆除已经荒废的屋子和庭院……

不过，这只是人想象中的视角。

我们开始在附近的房产公司找新的屋子。可是，这一带没有合适的。为了能不和小小分开，我们开始以邻家的大榉树为中心，像漩涡似的往外画圈，扩大范围寻找新家。

"要不，我们干脆把小小带走吧。"

我故意压低声音说。妻子无力地笑了一笑。

她好像在说，真不明白，为什么如此深深走进了家里和心中的小小还是一个客人呢。

十三

过了十一月，院子里番红花的淡紫色也接近了尾声。

在妻子种球根的时候，小小悄悄从背后靠近，战战兢兢地把一只小手放进刚挖好的洞，好像在说："再挖深一点嘛。"

秋色深了，大榉树开始不停往下掉叶子。到了该正儿八经找房子的时候了。然而不知为何，小小来得越来越频繁了。实际上，有时它一待就是大半天。在屋里时，它不是在和室角落的纸箱里吃妻子烤好的小竹箕鱼，就是趴在靠窗的书桌上眺望外面的风景。剩下的时间基本上都是在睡觉。

妻子每次目送小小顺着化妆台，从帘子的缝隙跳到壁橱的上层里叠好的被子上后，暂时不会去打扰它。

觉得时机差不多了，妻子撩起帘子的一角，悄悄地往里看。差不多每次它都在用舌头舐着自己的身子。它会猛然停下，越过肩膀回头盯着偷窥者。过了一会儿妻子又去看，它已经团着身子快要入睡，眼皮像快融化了似的。再过一会儿，它已经陷入了沉睡中，白白的肚子一起一伏。

从帘子的缝隙观察小小的妻子的模样，让我觉得很滑稽。她总是强忍住笑，估计小小的睡态一定很逗，不仅如此，光是妻子的样子已经让我觉得很有趣。

小小开始每天来十次。它在这个家里，两三小时的睡眠一天差不多要重复三次。从主人们已经入睡的家中出来，越过交界，跑到依旧灯火辉煌的我们的小屋。同样指手画脚地提出邀请，接下来在昏暗的小院里玩球。凌晨，玩累了，自己进壁橱开始睡觉。昏暗的程度、人的气息、软绵绵的被褥，这屋里具备了三个条件，对小小来说可能是一个舒适的常住旅馆。

晚上伏案工作的夫妻每次都像追随它一样入睡。不过，小客人最晚早上七点四十分时一定会起来，吃完纸箱里准备好的食物，喝完纸箱旁边的牛奶。一用完早餐，它就急匆匆地跑了出去。渐渐我们发现，它那么赶时间，原来是要去家门口给上幼儿园的小男孩送行。在闪电小路的转角处，邻家太太反复说"路上要小心啊"，小男孩活泼地回应"知道了"，估计是当成了耳边风。我们常常都是在半睡半醒之间听他们这番对话，即使是这样，我们还是清楚地知道小小也站在那儿，因为母子的对话中，时不时可以听到铃铛的响声。

送走小男孩后，它一定会去大院里或更宽阔的地方自由自在地探险。或许还会计划在空闲的时候，在邻家属于自己的地方吃饭，打瞌睡。有时还好像会在我们还没起床的时候跑进来，撩开壁橱的帘子，跳上被子的小山，再次入眠。

每次，在起床晚的早晨，起床后，妻子都会从帘子的缝隙往里看。

"这不是咱家的猫吗?"

她悄悄地望着小小的睡相，一副很高兴的样子。

吃得多，睡得好，可以如此自由自在地进进出出，和邻家的界线也变得没有意义了。来了，回去了，变成了回来了，过去了。夫妻俩都出门时，从外面回来，一打开大门，会看到小小并拢两只前爪，站在昏暗的玄关走廊上迎接我们，像一个看家的孩子。

"是咱家的猫呀。"

妻子虽然这样说，但她心里很清楚小小不是我们的猫。因此更是一副想不开的样子，觉得小小是来自上天的恩赐。

十四

出入变得频繁后，小小还是不叫，也不让抱。

那是夏天的时候。有一天深夜，我们入睡后，小小难得地发出啪哒啪哒的响声，跑来跑去。跳到铺被子时被移到窗边的矮脚桌上。当它紧趴在纱窗上时，我们被惊醒了。

它贴在纱窗的高处，像一只壁虎，伸长脖子往围墙那边的自己家看。不过，就是在这样的情况下，它还是一声也不叫。终于妻子察觉到了，她一看，小小的专用通道被关上了。晚上它是从大门进来的，我们一不注意忘了打开通道。后来，我们把那晚发生的事称作"小小的思乡"，常常回想起当时小小世间也算罕见的模样。

妻子被以别的方式清楚地告知，小小终究不是自家

75

的猫。

那是秋天的时候。邻居不在家时，来了快递，我们帮忙接收了。等他们回来时妻子送了过去。大门开着，妻子在玄关前按响门铃等着回应，出来的不是邻家太太，而是小小。它叫个不停，像在说长篇开场白。妻子愣住了，它每天晚上都来我们家，却从来也不叫。它不是在说总是给您添麻烦了，而是一种更普通的社交辞令，像有关天气的寒暄或邻居间的客套话之类。妻子回来后，一边告诉我一边慎重地回想当时的情景。

和小小心心相通的妻子也只听过那么一次它的叫声，更别说我了，它总是和我保持着一定的距离。

入冬的一个午后，我在房东家的厨房的狭小半地下室杂物间里取煤油时，小小穿过开着的木板门走了下来。它谨慎地走在水泥地上，然后跳到架子的隔板上，并拢前爪，盯着这边看。我一边等自动泵把煤油灌进取暖用的煤油炉里，一边学着妻子跟小小搭话时的唱歌的腔调，

"两个人，一起在地下呢。"

小小前爪还是按原样并拢，往前倾，瞪着我，做了

76

个要发出猛兽般吼声的嘴型，而且还做出马上就要扑上来的样子。我认为那是淑女事先警告色狼的姿态，估计没有错。

另外有一天，面向小院的泥地房间的门开着，小小像子弹般冲了进来，眨眼间躲到了家具和小箱子的窄缝里。尾巴朝着这边，不停发抖，很可怜的样子。回头一看，南邻家的花猫三毛在门口两眼放光，摆出一副要扑过来的架势。它们好像不是在争夺地盘，而是三毛妒忌小小可以自由出入我们家引发的战争。几天前，把被三毛逼到院子里松树上的小小救下来时，我也察觉到了这一点。

三毛是一只大花猫。因为小小可以随心所欲出入我们家，所以三毛开始攻击小小。小小被攻击，我们就更防备三毛。好像开始了这种恶性循环，而三毛更加露出一副怒目横眉的嘴脸。听妻子说，她猜在南邻家里，它一定会把自己最可爱的一面展现给主人看。于是，为了不让它以为我们不喜欢它，每次在院子里看到它时，她都会特意叫它的名字。

小泥看起来已经是只老母猫，差不多是老太太了吧。虽然毛色是墨色和泥色掺杂在一起的颜色，眼睛却又大又清澈，从容而怀旧的样子。不过，进出别人家，一定是有原因的。这只流浪猫，让人觉得它也曾经把自己最可爱的一面奉献给过某一个人。

妻子独自在家的一个晚上，通道的帘子晃了一晃，传来小小进来的脚步声。可是，出现的是小泥。可能通道口开得比平常宽。

它和妻子一对上了目光，马上吓得想冲出去，撞到了通道口上，发出了巨大的响声。妻子深有感受地告诉我：

"那个样子真的很可笑。但又让人觉得很可怜。"

不可思议的是，小泥和小小很合得来。

妻子说她曾经看到过，小小在闪电小路的木板围墙上时，小泥在下面的路上露出肚皮翻来滚去。还有，小泥跑进北邻的花草丛里后，小小紧跟着进去的场景也看过。两只猫从视野消失后，夜晚一片寂静。

过了一会儿，小小一个人来了。妻子问道：

"小泥是好朋友？"

它们差不多是祖母和孙女的年龄，反而不会发生纠纷。妻子还在别的时候，看到过它俩在北边的木板墙外长时间谈得起劲，正好就在那个投射路人影像的木节孔下面。

"它们之间淡淡的却又很亲密，没有互相的喵来喵去，好像是在商量个人私事。"

妻子一副不可思议的样子。

从被三毛追得像子弹般逃进屋里后，又过了几天，在一月的一个已晚的"早晨"，妻子正好一个人在家。

她起来做饭。过了一会儿，小小从壁橱跳到榻榻米上，没有站稳，看起来很不寻常。背上的白毛被拔了，露出了红红的皮肤。妻子盯着它看了好一阵，小小慢慢地走回了邻家。

没有外伤，妻子一边压抑住不安的心情，一边安慰自己。她坐在书桌前，开始赶必须加紧完成的工作。不到十五分钟，小小回来了，身上缠着绷带。然后像是希望妻子好好看看它现在的样子似的，跳上了书桌。摆出一副懦弱样子坐在妻子面前，即使是这样，它还是静静地注视着妻子。

妻子也注视着它。一想到将要到来的别离，她开始左思右想：终究不是我的猫，不过可能想成为我的猫。

眼泪不禁流了下来，而小小一直静静地用深绿色的眼睛

盯着她看。

十五

已经一九九〇年了，二月也已过去了一半。

小小白天来，深夜也来。深夜的来访，一定是因为主人家的人都睡着了。不管是忙碌时还是天冷时，妻子都高兴地接受小小的邀请到院子里玩。

小小喜欢爬到院里的小松树上。把乒乓球拍到它面前，它就像排球健将似的飞快地把球击落。不管重复多少遍，都不厌其烦。

晚上在屋子里时，妻子跟着小小去它想去的地方，有时会走进房东的屋里。家具差不多都搬空了，空旷的屋子里暗暗的。

客厅的壁龛旁边设了书桌。小小背朝着微微透过月光的采光隔扇，趴在固定在墙上的书桌上，妻子把乒乓球滚过去，它就轻轻拍过来，没完没了。

一直开着的玄关的灯，从别院屋子过来的光线，还有月光，让人勉强可以看清屋里的东西。昏暗的屋子里，小白球跳起来，发出生硬的响声。追赶着球的小东西，披着月光，变成了一粒白色的珍珠。

白天的时候，小小背上粘着梅花花瓣，自由自在地在刚从冬天苏醒的大院里玩耍。拍拍花蝇，闻闻蜥蜴的气味。

有时会突然闪电般地往树上爬。闪电一般都从上往下，这道闪电相反，从下往上。小小电击似的飞快地往柿子树上爬，妻子在那本大笔记本里记下"闪电的剑点般"，有时还记成"好像是唤来惊雷的助手"。原来如此，的确是那样的感觉。

于是我想起《日本书纪》里关于狩猎神的记述①。

"门前井旁树下，有一贵客。骨骼清奇。若从天降者，当有天垢。从地来者，当有地垢。实是美妙之。虚空彦者欤。"

---

① 引自《日本古典文学大系·日本书纪》（日本岩波书店）。

82

"门前井旁树下，有一贵客。骨骼清奇。若从天降者，当有天垢。从地来者，当有地垢。"

在柿子树顶的树梢上，小小敏锐地感受风儿所有的变化，同时还摆好架势应付下一个瞬间。一种要冲进与天与地都不相连、与世隔绝的缝隙里去的姿势。

听说猫只对主人放开心扉，最可爱的一面只有主人才能看到。还没有拥有过猫，却尝到了养猫的滋味的夫妇一定还没看过小小最娇憨的样子。

但是，正因为如此，小小反而在我们面前呈现了它不刻意讨好人的纯粹的本性——我想，从小小身上感受到的神秘感觉，简单地说原因在此。也就是说，最高境界就是被称为"闪电捕捉"。

"闪电捕捉"是一位从创作铜版画出发的画家传奇式的一系列作品的名字。作品采用了彩色石版画和热蜡油画这两种创作技法。有一次，他的版画回顾展在大崎的美术馆展览时，我被请去参加了画家也出席的公开三人对谈。

对这位画家而言，"闪电捕捉"意味着什么呢？是他在长年以来对色彩的探究的深渊中猛然跃起的制作行为。我想对他创作的"闪电捕捉"作出如下解释：把色彩这种东西在物质或大气中出现后随着形态不停地变幻，栩栩如生的现场全部捕捉。

一般来说，画家都是从自然界中抽出色彩或形态，然后固定在画面上。这个画家完全不同，他挤入自然界，去捕捉随着物质或大气一起流动的瞬间的色彩或形态。也就是说，他可能属于达·芬奇的源流。

我记得三人对谈时发生了一件小事。标题的读法应该是"捕捉闪电"还是"闪电捕捉"呢？画家本人只是笑笑而已，没有指明读法。我和另一位出席者的评论家之间的意见有了分歧。直截了当地把闪电捉起来的话，应该念成"捕捉闪电"，像闪电般迅速地捕捉某样东西的话，应该念成"闪电捕捉"。通过自己对语言的感觉，我想强调的是后者。

系列作品中的热蜡油画（Encaustic）是用蜂蜡作为载色剂的颜料作画技法。画家特意用这种黏糊糊的速干颜料来创作单色画，只有这样才能瞬息间抓住物质的形态，也就是"闪电捕捉"。

系列作品中的彩色石版画作品是让色彩在石版上滚动，在不同次元出现。从一个次元滚动到另一个次元的那个东西，可以说是应该被捕捉的猎物。

这样看来，我开始有点牵强附会了。也就是说用闪电般的动作捕捉某种东西是"捕捉闪电"，捕捉闪电般出现的色彩是"闪电捕捉"。

按照自己的语感，我感觉在这个废园里的小小的"闪电捕捉"，同时具备这两个性质。也就是说，小小这只猫是用闪电般的动作来捕捉闪电。

后来，当我看到画家收录了这一系列作品的画集时，吃了一惊。附在标题的旁边的可能来自画家本人之手的英文名是"Catcher of Lightning"——捕捉闪电的猎手，也就是说这个标题是表示行为主体的意思。如果是这样的话，我认为读音又要改变了。表示捕捉闪电这个行为本身的意思的时候，应该平坦发音。而表示捕捉闪电的猎手的意思的时候，应该一部分稍微加重读音。我想，这是我个人对语言的感觉。而且，我还觉得自己的耳朵对语音的感性和小小的耳朵一样，又尖又小，朝着不是这个世间的方向摇动。

建在庭院东南角的杂物间只是用木头搭的粗糙骨架，门是用铁丝网做的。里面放的都是老爷爷用来打理庭园的东西，梯子、疏浚池塘的网、园艺或木工的工具等等。还有一台旧书桌，抽屉里放了矿物探查器、地质调查时用的测量器和制图工具。老爷爷是东京大学工学部毕业的，专业是冶金学。

架在这个杂物间的屋檐下的外梁木板，是小小喜欢待的地方之一。忙完"闪电捕捉"后，它常常蹲在木板上笼着手往外面看，正好和坐在书桌前的我面对面。

有一天午后，我坐在窗边的书桌前工作时，从小院传来妻子悲伤的声音。被木板墙挡着，从我的位置只能看到小小。妻子好像是一边抬头望着从杂物间的屋檐和外梁之间露出脑袋的小小，一边在和它说话。

"明白？不明白？"

小小还是一如既往的神态。好像在说：我只关心天文和动植物之类的事，对人类世界的事毫无兴趣。它好像只对一视同仁地浸透到我们看不见的缝隙里的气流才会侧耳倾听。

十六

三月了。

星期六的傍晚，我和妻子一起骑自行车顺着闪电小路往东的方向，急匆匆地赶往自由丘，去看"捕捉闪电"的那个画家的个人画展。乘电车去的话必须绕道都心，大概要花一个小时左右。骑自行车去的话是最短途径，只要花三十分钟左右。

抬着自行车穿过木板围墙上的小门后，推着自行车转过闪电形状的转角时，看到了小小正跳着穿过和邻家交界处破了的铁丝网。一着地，它立刻转身跑过荒草小径，转到了别院的外墙南边。从那儿跳上了外走廊，再穿过自己的专用通道，走进了木板地的房间。

这是第一次看到小小越境到我们家来的身影，我和妻子对视了一眼，原来小小每次都是这样溜出自己的家过来的。不由得有一种想回家的冲动，可是必须出门的意识打消了这个念头。

在画廊，举行了一个开展派对。在画展的图录上我写了一篇文章，因此画家送了我一幅他的原创版画。但是，我一直有点心神不宁。

派对结束后，我们和几个熟悉的设计师、编辑们一起去喝了咖啡。把不得不搬家的事和小猫常来拜访的事告诉了他们。现在把最后一线希望寄托在彩票上，可是即使万一中了奖，土地价格是奖金的三倍，估计不会只卖一部分给我们。把这一切，像垮了的堤坝似的都诉说了出来。

晚上九点半出了咖啡厅和他们分开后，我们又骑着自行车回家，三十分钟后从闪电小路前方的东面回到了别院里。

屋里可以找到一点小小进来过的痕迹。因为放在纸箱里的猫食少了一点。"今天没有给它准备烤小竹箅鱼呢。"妻子一边说一边开始烤鱼。但是，当天深夜，小小没有来。

第二天是星期天，小小还是没有来。

"一定是去住在大矶的姑妈家了吧。"

"对呀，放在笼子里被带去了吧。"

我回应道。去年夏天时，小小有好几天都不在家，当时我们也猜测它去了大矶的姑妈家。

"还戴着草帽，对吧。周末嘛。"

星期一是一个大风大雨的日子。白天是可以同时看得见乌云和蓝天。后来天气好转，院子和周围可以听得到黄莺的叫声。邻家传来了激烈的架子鼓声，很长时间都没有停下。原来并不是全家都出门了。这天，小小还是没有来。

"小叮当还是不来呢。"

尽量不去提的话题，妻子还是没能忍住，而且越来越频繁。她听不太清铃铛的音域，不停地问我有没有听到前兆的响声。

她把放得太久的小竹笋鱼扔掉，再准备了新烤好的。

当我们在家里待得开始坐立不安的时候，正在新宿的酒吧里喝酒的朋友突然打来电话，邀我带妻子一起过去。我们一直喝到了第二天早上。回家越晚，不来者来的可能性就更高，还可以逃脱盼望来却不来的时间的煎熬，一种无力的挣扎。

两个人到早上才回家。还是没有找到来访者的痕迹。被送快递的吵醒时只睡了差不多三个小时，小小还是没有来。

能听得见对方的呼吸声。到了傍晚，能感觉到看不见的水位已经涨到了快要泛滥的限度。

我趁妻子不注意，到房东屋里，用房东老太太的老式黑电话拨通了刚刚从电话号码本里查到的邻家的号码。小男孩活泼地回答了提问后，告诉我其他人都不在家。我硬着头皮问他，猫呢？他说：

"死了呀。"

我接着问，什么时候。于是他还是活泼地回答，

"星期天。"

我继续问，为什么？

"搞不清楚。"

这是他的回答。不知道是想说不清楚死的原因，还是不清楚死意味着什么。干脆地，欢快地，只回答了这

么一句。

　　我把房东屋里的防雨滑窗，一扇扇用力地关上。然后拖着木屐使劲地踩响三合土，回到了别院。怒吼一般把小小的死讯告诉了妻子。

十七

　　邻家太太好像回来了。我把哭个不停的妻子留在家中，拐过闪电小路的转角，按响了邻家大门的门铃。一直以来，只有在路上擦肩而过，或把帮忙收的快递送过去时打过招呼，还从来没有特意来拜访过。

　　"在星期天的晚上，可能被车撞了，倒在路上。不过没有外伤，脸上很干净，神态也很安详。真的很不可思议。"

　　听她说"不可思议"，我一点也不惊讶。是的，小小是一只不可思议的猫。即使她是小小的主人，能和他人一起谈这个话题，还是让我感到一丝兴奋。

　　"不知道小小是从哪儿来的，我第一次看到它时不是在这条小路上，是在顺着往车站的上坡道走了大概五十米左右的地方，正好在门口种了芒草的那户人家的前面。在那儿我和孩子一起发现它后，它就一直跟着孩子过来了。星期天晚上它倒在了同一个地方。除了我去买东西时抱着它一起去以外，它自己是不可能会跑到那么远的地方的。大概是深夜十一点半左右吧，有人告诉我可能是你家的猫，我就匆匆忙忙赶了过去。真的，是倒在和我第一次看到它时的同一个地方。"

邻家太太强作镇定，用无比轻柔的声音接着说下去。

"已经夜深了，又是星期天，没有一家医院开门。大儿子给它做了人工呼吸，直到早上。可是还是没有挽救过来。"

我知道她还有一个高中生般大的儿子，原来打架子鼓的是他。

"我们把它埋到了院里的小松树的脚下。"

原来邻家也种了松树啊。邻家的地皮和闪电曲折的部分一样，斜向南端，所以从外面看不到院子里。更往南边的地方有一栋一家公司的宿舍，从那里的外楼梯可以看得到邻家的院子。不过，要绕过小道从宿舍的铁门进去的话，需要相当的胆量和一定的借口。

邻家太太皱着眉头，小声自言自语说：

"幸福的一生。"

"小小常常到我们家来玩，妻子非常疼它。"

"是这样的啊。真是太感谢了。"

"在我们家睡觉的时候，每次都在同一个时间急匆匆起床。应该是到了送你们家的小男孩的时间。"

"是吗。真是太感谢了。"

她礼貌地一边鞠躬一边道谢。我们的对话好像是关于去世的孩子一样。我还有很多话想倾诉。"等心情平静下来后，请把我们不知道的小小的事告诉我们，我们也把你们不知道的告诉你们。"我差一点把这番话说出了口。

还有已成为回忆的几个场面，差点也要脱口而出，我还是强忍住了。

"我知道你们是正忙的时候。能不能让我们有机会给小小扫墓，在你们方便的时候。"

"好。能不能明天早上打电话过来再说？今天已经有点晚了。"

不知道想站在埋藏尸体的地方是一种什么样的心理呢。这个行为本来意味着什么呢。是一种心理，在那个地方确认已经失去的东西是无以替代的宝物，希望能在另一个空间的走道里相连在一起。

十八

星期三早上只睡了两个小时左右，妻子可能更短。我起来的时候，看见她呆呆地坐在廊檐上。

我叫上她一起去雨后天晴的院子里剪了几支梅花、水仙和瑞香。

院子开始变得陌生，完全失去了生气。希望能够找到小小留下的影子，把各个角落都拍了照片。

等过了九点，按昨天的约定打电话到了邻家，没人接。打了好几遍，还是没人接。

十一点过后再打过去，邻家太太接了电话。

"在你们正伤心的时候打扰你们，真抱歉。"

"对不起。"

"我们想给小小献点花，可以吗？"

"对不起。改天再和您联系。"

她的声音很轻，轻得像在叹息的间隙中好不容易发出来的。和昨天井井有条地告诉我事情的来龙去脉时的声音完全不同。不过，不是那种像蚊子叫的声音。虽然小，却凛然不可侵犯。话音好像在说，这是想了整整一夜得出来的答案，没有商量的余地。

剪下的花悬浮在了空中。

"连扫墓的机会都没有。"

妻子哭了又哭。这样下去，无法得到和小小相连的那条想象中的通路，我开始急了。我站在院里东南角的杂物间背后，踮起脚也没能看到那棵松树。别说松树，根本看不到邻家的院子里面。我们把梅花、水仙和瑞香插进花瓶，放到了和室角落用纸箱做的小小的房间里。

我们没有强行把小小拉过来，是它自己进屋里来的，自然而然地开始在这里玩耍、睡觉。我们让它随心所欲，连摸都没摸过一下。这一切都必须说清楚。正好我把这一连串的事写成了几篇短短的散文，刚刚开始在一本发行册数不多的季刊上连载。我把其中的两三册附上解释的信，塞进了邻居的邮箱里。

妻子开始吃不下饭。在把烤鱼换成新烤好的时候，小小已经死了，这让她更加无法承受。

眼看妻子一天天憔悴下去，我觉得搬到远处反而更危险。不过，已经不需要在小小可以进出的范围里找房子了。

我决定搬到可以看得见这棵大榉树的地方。这一带只允许盖低层房屋，在比较大的范围内，只要是二楼以上的窗户，至少可以看得见树顶。

在那棵大榉树下，曾经有过一段时光。树荫下的那棵小松树脚下，睡着生命中重要的宝贝。如果能从窗口远远眺望这一切，也许可以随着时间的流逝，慢慢地、一点点地淡忘。

去图书馆找到普及用的几何书，查了查三角测量的方法。书中有关于古人发明的这个测量方法的图解，通俗易懂。

最简单的方法是这样的：当测量者的影子的长度变得和身高完全相同时，立刻测量想知道高度的对象物的影子的长度。

另外一种方法是这样的：在想要测量的对象的影子

我们把梅花、水仙和瑞香插进花瓶，放进了和室角落用纸箱做的小小的房间里。

旁边竖一根棍子，在想象中画两个形状相似的三角形。因为测量对象的高度和棍子长度的比例和两个影子的长度比例相同，所以可以算出高度。

不管哪种方法，阳光从东边射进来的上午，都可以在院子里进行测量。据说，这可能是古希腊的哲学家、科学家泰勒斯在测量金字塔的高度时用的方法。不过，当时有一个难题是必须从金字塔底部的中心开始测量影子的长度。

把金字塔换成邻家大榉树的时候，难题是不可能从树的中心位置直接开始测量。不过，现在各个区域的比例尺地图非常精确，可以用来解决这个难题。

等得出大榉树的高度后，要想知道从某个房间的窗口能否看得见树顶，必须测量丘陵或窗户的高度，把想象中的三角形一个个重叠起来。丘陵或窗户没有影子，只好用下面这个方法：也就是说，测量者抬头仰望，把手指指向想要测量的高度的一点，再顺着胳膊水平方向的角度来测量。按照这个角度可以定下三角形顶点的坐标、各个边的长度和方位角。最后加上眼睛的高度。

下一步可以算出连接大榉树的顶点和新家窗户直线

上的障蔽的高度。如果障蔽的高度高于或等于直线的高度的话，不管它是建筑物还是树木，还是地形本身，答案都是从新家的窗户看不见大榉树。因此，必须先明确掌握这一带丘陵的起伏，找出能看得见大榉树的地段。

我开始考虑这些测量方法，也许是想把悲和愤的情感排解在这一带的空气之中。实际上，我并没有真的去实践这个徒劳的三角测量。只不过，突发奇想地把古人的测量法这种开朗的东西适用到束手无策的自己身上，而想得到一丝安慰。

十九

从那时起，我才意识到把自己写的散文送了过去是件多么糊涂的事。

那几篇散文虽然分量不多，写法也不同，不过最终成了这篇小说最开始的三章的前身：小说的开头、猫儿出现了、开始一起玩耍。估计是因为我把好几期杂志都放进了邮箱，所以邻家开始警惕下一篇连载。

糊涂之处不仅是只有这一点。对邻家太太而言，在失去孩子般可爱的小小、陷入无限的悲伤之中时，那个孩子的另一半生活突然显示在了眼前。把想扫墓的另一个"母亲"请进院子，看着她在坟前开始哭泣，这是无法做到的；一起悲叹孩子的死，这也是无法做到的。

我尽可能想象了邻家太太的心理。没有早点想到这些，与其说是太糊涂不如说是太不成熟了。

在后来的几个月之内，我决定结束这个连载，把最后一篇散文交给了杂志。内容和这篇小说中从小小突然不来了到知道小小死了的那部分相吻合。杂志规模虽小，但是是由一家出版社出版的，在一部分书店可以买得到，因此我必须打消邻家的顾虑。

那个彬彬有礼的邻家太太说好改天再联系，却寥无音讯，心中一定怀有相当的悲愤。那份悲愤是冲着我们来的。再加上还有文字作品，就更加难以释怀了。

没有事先打招呼，就在别人家得到了宠爱，这是愤怒的第一个理由吧。但是被宠爱本身会引起悲愤吗？原因在于事先没有打招呼的话，那事先打好招呼又会是什么样的结果呢？在外面放养的猫儿，会一视同仁地越境。

被写成了文章，邻家也许有一种被他人夺走了所爱的失落。这是愤怒的第二个理由吧。

即使是这样，无论如何写作这种行为都不会成为一种掠夺。写作也一视同仁地越过所有境界。不知写到什么程度，才能把飘浮在境界之上的那些东西净化呢？

去看过南边七百米远的一个公寓，窗子的朝向不对，没法看到大榉树。我和妻子都一边摇着头一边往家里走。

在闪电小路上往别院的小门方向走的时候，遇见了一个穿着便装空着两手的人。从还离我们很远开始，他已经瞪着前方。离得越近，他的脖子就越往我们这边扭。擦肩而过的时候，感到了一阵杀气。进家门后，妻子叹了一口气。

"为什么会这样？"

然后告诉我刚才那个人是邻家先生。还说，从来没有被人用那么强烈的憎恨的眼神瞪过。

还说，当她还是小学生的时候，养的狗有时会独自出去溜达，也被邻居宠爱过。可她只记得当时心中只有感谢之情，因为他们是在守护对自己来说很重要的动物的"随心所欲"。

"把小小看得那么重，那么宠爱它，为什么会招来仇恨呢？"

"我们做的是件好事呀。"

"连抱都没抱过。"

"不管那个人是不是邻家先生，他也许在为别的事想不开。"

"为什么事？"

"比如说，借了一大笔款子，已经被下了还债的最后通缉令。可是因为是高利贷，完全没有能还清的头绪。所以烦恼无比，想不开，把能看见的东西都当成了出气筒。"

编得越荒谬，以为越可以安慰她，可这种想法本身就很荒谬。

回家后，我打开窗户在浴室里泡澡，洗澡水是用电泵汲起的井水。泡完澡后皮肤变得很光滑，这一点，我在小小去世的前几天才发现。

小小不是自己的猫，加上它从来都是干干净净的，因此不可能有机会给它洗澡。

外面的人看不见浴室，我总是开着门在里面洗澡。小小有时会悄悄地从背后靠近过来。

有一次，我泡在浴缸里，唱着胡编的小曲逗它玩。

小小山冈温泉

108

小小猫儿搓澡工

搓完澡搓完澡

慌慌张张逃开了

　　春分刚过，在阳光明媚的大院里，一只肥肥的画眉在池塘里沐浴。又飞来了一只白脸山雀，好像学样子似的开始沐浴。它们也一会儿上岸，一会儿又泡在池塘里面，反反复复。

二十

自从小小不再来后，在我们的眼里，庭院也完全变了样，成了煞风景的东西。原来，人的眼睛和有色眼镜是如此相似。

已到了晚春时分，渐渐要入夏了。不同种类的花儿们像约好了一样，在不同的位置轮番装饰庭院。

去年的七夕那天搬到郊外的养老公寓后，仅仅过了三个月，老爷爷就留下老太太一个人先去了。那以后，她还时不时会打电话过来。让我到她经常去买的一家点心铺帮忙订一批葛粉，到她一直看病的医院去拿常开的感冒药，依旧是帮她办一些举手之劳的小事。每次挂电话之前，她都会说：

"不要客气啊，随便用主院啊。"

也许对她而言，这是对我们的一个补偿。因为自家的遗产继承的缘故，必须要我们在八月底之前搬出去，她心里可能很过意不去。我们已经依照她的话，在充分享用着主院。

"浴室也可以用哦。"

不知道是什么时候在望月窗外增建的，别院也有一间浴室，倒没有什么不方便的地方。

"主屋的浴室要更大更舒服哦。"

老太太说道。

一年前，在主屋的浴室里发生过一件事。初夏的一天，刚过中午，我一人在屋里写东西时，从大院主屋方向传来老太太的叫声。慌忙赶过去一看，声音是从浴室传来的。看起来刚刚泡完澡的老爷爷把失去知觉的身子斜靠在浴缸边上，老太太在旁边拼命支撑着他，动弹不得。

我稍微犹豫了一下，可怎么也得把老爷爷搬到屋里去，于是把手扶在了老爷爷的裸体上。刚泡完澡的老人的皮肤比想象中要柔软，虽然很瘦却富有弹性，再加上没有什么脂肪，更像少年的肌肤。老爷爷两眼是睁开着的，好像泛起了一丝笑容，还是说不出话来，也没有动弹的力气。我感觉到他的身体比实际的体重要重好几倍，不管是要背他还是要抱他，他的两只手都不配合，耷拉着垂在一边。我只好用相扑的姿势把手插在他的腋下，再也没有任何办法。

这种情况就叫进退两难了吧。不过，总不能就一直这样下去。就在这时，想起小路对面的北邻家来了园艺师，从上午开始，剪刀声一直在响。

再一次让老爷爷坐在浴缸边上，让额头冒着汗的老太太扶住他，我走出木板小门，站在小路上请树上的园艺师们过来帮忙。

穿着到膝下的灯笼裤，小腿上缠着绑腿的四个园艺师哧溜从树上滑了下来，开着的收音机也没顾上关，走进了这边的院里。他们到浴室一看，和我们简单说了几句，马上让老爷爷躺下来，一人抬起一只手或脚，顺着檐廊静静搬到西边靠里的洋室床上。回来后，像什么都没发生过一样，穿上刚才脱下的胶底短布袜，一个接着一个穿过木板门回到了树上。

剪刀声又响了起来。

二十一

　　五月末，七夕那天搬走后过了将近一年的时候，老太太回来过一次。曾经挤在池塘靠岸的水里蠕动的蝌蚪们一个接一个长出了手和脚，黑豆般大的青蛙们在院子里跳来跳去。

　　老太太的眼睛还没从白内障手术恢复过来，似乎看不见院中的无数的跳跃。而且，好像也没发现小小已经不在了。

　　她到别院来招呼时，一看见我们马上含着眼泪说：

　　"把院子和屋里都打理得这么干净整齐。"

　　她只打算住两个星期。还说，这是最后一次回家住。她每天把剩下的家具和摆设都一点点地整理好，准备卖给旧家具商。

老太太说想把院里的青花瓷火盆和放在壁龛里的素陶大瓶子，还有天然石的小灯笼作为纪念送给我们。

"不然的话，旧家具商每天进进出出的，什么都要被搬走了哟。"

只有西边的树荫下的小灯笼是我们自己提出来的，因为小小常常在上面休息。灯笼的形状很有趣，像把正月供的三层圆形年糕的最下面的，也是最大的带了波纹的一层放在了最上面。

在梅雨季节前的一个天气晴朗的日子，我们拍了纪念照。把椅子摆在开满了杜鹃花的院子里，先给老太太单独拍了几张，再在檐廊上拍了几张她和妻子的合影。老太太兴致很高的样子，双手握住妻子的手，放在了自己的膝盖上。

老太太又要回到养老公寓，可能再也不会踏进这个家了。她离开的那天，是六月初的一个早晨，不过很遗憾，这么重要的日子，我们没能给她送行。

那天正好是 Y 去世三周年的忌辰，法事在埼玉县郊外的武藏丘陵的古刹举行。我号召朋友和诗人们聚集在一起打算开特别追悼会。正在做准备，两天前，突然传来了一个著名的诗人长辈去世的噩耗，我陷入了混乱之中。

可以说是悲愤，不过，也许是悲和愤这两种不同的情感错杂在了一起。大家惊慌失措地从四面八方聚集在死者周围，对很多还没定下来的事议论纷纷。时间太短，往往会做出一些出乎意料的决定。就这样，在灵前守夜的时候，我不得不接下主持告别式这一重大任务。而且正好和 Y 的忌辰同一天。

只好和朋友们分头准备这两个法事，总算定好了计划：前脚在巢鸭的寺庙门前目送出殡后，后脚赶到 Y 的去世三周年的斋饭饭席。就这样，当天我们不得不在老太太出发前出门。

结果是老太太反过来给我们送行。她看惯了我们穿着便装，看到妻子穿着丧服的样子，拉着袖口说：

"漂亮极了，哎呀，漂亮极了。"

一副兴高采烈的样子。

"我可不喜欢被人送行的哦。"

还有点像唱歌似的接着说道。

还是难以找到合适的房子。都是又窄小、又贵、又煞风景的房子，实在没法和现在的租屋比。

不知不觉中，住宅环境这三四年有了很大的变化。大家都认为地价会一直往上涨，谁都不带一丝怀疑。很多人都用土地借钱做担保去投机，地价和股价不停高涨。曾经很安静的这一带也没能避开时代的潮流。坐在车站前的寿司店的吧台，有时会遇到旁边坐的年轻的夫妇明目张胆地讨论如何用土地投机。换过一个位子坐，还是听到类似的高谈阔论。

以大榉树为中心，像漩涡一样往外画的圈也越来越大，我们开始在离得更远的地段找房子。可是即使随从租房不如买房的时代潮流，即使搬到同一条铁路沿线的郊外，还是找不到我们买得起的房子。

在町田的一家房地产的推销员带领下，我们去看了各种各样的房子。一个完全没有柴米油盐气息的女性住的小公寓，堆满了经常出差的父亲带回来的玩偶礼物的房子，棒球场候补捕手的住居，我们身不由己地看到了素不相识的人的生活片段。

就这样，一边找房子，我一边留意在哪一个瞬间情况会发生变化。

和列奥纳多·达·芬奇一起合作，为了治理亚诺河的泛滥，努力想实现改变河流流向的宏大计划，最终以失败告终的马基雅维利曾在诗歌中这样形容命运女神：

就像一条洪流，

汹涌澎湃，傲慢无比，

所经之处，摧毁世间万物，

忽而推高这边，忽而铲低那边，

削平断崖，改变河床和河底，

所经之处，大地无不颤栗，

命运在凶猛果断地狂怒冲击，

时而此处，时而他方，

不断改变世间万事

命运（Fortuna）女神已经开始发狂了吧。从现在的空间到别的空间去，而我该如何一边被她戏弄，一边开拓搬家这条小河流呢。我用一种破罐破摔的心情，打算作为一个旁观者来观察。

117
117

二十二

　　七月中旬，梅雨季节刚过，院里池塘边上的那块朝阳的岩石上，出现了一只蓝蜻蜓。一定是那只在空中轻吻水流弧线的蓝蜻蜓的儿子吧。一年前的夏天，黄色和蓝色的一对，连接成一颗变形的心形，从庭院这边的树丛中飞到了那边的树丛中。这么说，这只蓝蜻蜓是他们的羽化过来的孩子吗。

　　去年八月一过，那只曾经和我很要好的蓝蜻蜓就再也没有出现过。老爷爷和老太太都不在了的这座庭院中，长了翅膀的朋友和他的妻子也消失了，为此我遗憾了很长时间。可是，我感觉到同一个"他"，好像和这个夏天的阳光一起复活了。于是，在消失和伪复苏之间，无法挽留住而消失了的人们，反而历历浮现在了眼前。

　　七月底，在一个灼灼烈日的午后，一到庭园，我首先往那块悬在池塘边上的岩石看。蓝蜻蜓不在。我像以前一样，轻轻地拍了两下手。于是，不知从何处，一个凉爽的影子，轻微地抖动大气飞了过来。用水划出一个弓形，它很高兴在周围飞了几圈后靠近了过来，这一连串的动作和那只蓝蜻蜓一模一样。

　　它灵巧地躲开蜘蛛网，在日渐荒废的庭园中，奢侈地开始在各个角落定居。我突发奇想关上了水龙头，把食指指向空中。于是，它在半空中转了一个大圈，然后快速靠近了过来，刚在眼前打了一个小旋转，马上头朝着食指指向的方向，停在了指尖上。

　　我很兴奋，同时屏住了呼吸。果然是"他"。别离的时间似长似短。在冷冷清清的，几乎与世隔绝的庭院中央，两只大大的复眼和四枚透彻的翅膀在指尖停留了良久。

　　它感觉到了我的一丝颤动，飞向了空中，但是，马上又回到了指尖。时间再次静悄悄流逝。

　　栗耳短脚鹎从东邻的榉树梢飞下，发出一声响亮的叫声后飞走了。蓝蜻蜓吃惊地飞离了指尖，在庭院的上空大幅度旋转了片刻。即便如此，我还是保持原样，把食指伸向空中，默默地等待。终于，它在距离我的头顶一米左右的上空停了下来，然后又回到了指尖上。

二十三

睡在主屋的榻榻米客厅时，一大早，听见不知是谁在檐廊上磨菜刀。晚夏的炎热阳光透过大榉树繁茂的枝叶射了进来。声音听起来离得很近，可是张望四周却找不到人影。拖着木屐，朝声音的方向走过去，原来是从檐廊旁边的梅花树下的草丛中传来的。

定睛往草丛中一看，一只还没收紧翅膀的大螳螂回过头来看着我，前肢稳稳捕住了一只蝉。

我最怕螳螂，实在无法忍受眼前的这一幕。磨菜刀似的声音是濒死的蝉用翅膀发出的最后喘息。不，也许是大螳螂一边攻击一边发出来的威胁声。

把这幕惨剧印在眼底，我回到被窝里，一边听着响声一边努力让呼吸平静下来。旁边的妻子醒了，问发生

121

了什么事。听我说完来龙去脉后，她立刻跳了起来，拿着扔在檐廊上的藤编被褥拍，穿着睡衣赤着脚，踩到了院子里的踏脚石上。

我也跟了过去。她用被褥拍把大螳螂拉开，甩进了杜鹃花丛。然后，把精疲力竭的蝉放在了手掌上。我以为它已经不行了，可是蝉擦了擦绿色斑纹的翅膀，发出一声轻微的响声后晃晃悠悠地飞了起来，差一点快要掉到地面上，马上拍着翅膀重新飞了起来，高高地越过了西边的围墙。

"对蝉来说，第二个人一定是神，第一个人是木偶。"

妻子听我这么一说吃了一惊，寻思了片刻。

妻子基本上和所有动物都能友好相处，可是不知为什么，她害怕到了极点的动物是鸭子。因此，当看到蝉被鸭子折磨时，也许木偶会变成神去救它。但是，如果被鸭子按住的是大螳螂的话，或者鸭子被大螳螂夹上了的话，两个人都只好躲在被窝里不停地发抖，直到惨剧拉下帷幕。

"害怕"，是一种不可思议的东西。有时不得不认为是前世缘分太深。可是，一想到曾经有缘就令人毛骨悚然，立刻在半途中放弃了这个想法。

无论如何，蝉逃脱了危机，一定会尽情享用仅此一次的夏天。那么，螳螂呢——螳螂的事我不想再想下去了。

正好是好不容易找到了新租屋的时候。不知从何时起，我们开始在主屋的榻榻米客厅起居。这座建在六十年前的房子，不久就要被出售，然后被拆毁。我们在堆得高高的纸箱的杂乱影子中，享用这座老房子的最后时光。

二十四

八月最后的星期六，是我们搬家的前一天晚上。

不知从何时起，和东邻交界的木板围墙下半部的空隙全被重新围上了铁丝网。但是，不知是谁，迷路跑进了铁丝网和东邻的房子之间。好像是一只从家里偷偷跑了出来的小猫。

传来了久违的邻家太太的声音。我们停下收拾东西的手，竖起了耳朵。

"你看，像宝石一样。"

"嗯。"

小猫好像在和这边交界的通道上，靠近邻家的屋檐下的地方。"放心，绝对不会再去隔壁了。"静静的母子对话中含着这样的腔调。在黑夜中，一定只有两只眼睛在发光。

"真漂亮的眼睛啊。"

大概是从门口往交界处看。身旁的小男孩轻声赞同的声音也能听见。南边的窗外,手电筒的灯光在摇晃。

虽然没有什么值得遗憾的事,可是,想起了小小。原来如此,邻家开始养新的猫了。意识到这一点,妻子看起来也受到了打击。

房间里已经乱到了极点。在那天晚上必须把所有的东西都打完包。但不管怎么往纸箱里塞,没收拾完的东西还是没完没了地涌了出来。从中午开始,我们已经让搬家公司追加了好几次纸箱,加上以前的,算了算一共有两百个。里面大部分都是舍不得扔掉的书和不值钱的小玩意儿。

我们已经无比疲惫,面对无休无止的打包任务,即使想狂笑一通,也笑不出来。在这个时候,希望来一点刺激,把笑变成相反的东西。

对妻子来说,仅仅是为渐渐被遗忘的松树脚下的小小而伤心。遗忘这个行为中,还包括了我们的搬家,这一点,妻子似乎无法承受。

的确，重新养一只猫，也许是最快最有效的安慰受伤的心的方法。邻家也一定是不得已采用了这个方法。而且，首先在交界处严严实实地重新围上铁丝网，不再让旧事重演，然后才开始养了新的小猫。

我们在路过街道的宠物店时，也开始会往橱窗里看看。但是，不管是多么可爱的猫儿，每次妻子都是摇摇头。

"还是不对。"

那是指从小小这只猫延续下去的一条必然的线。

有一次，我们一起骑自行车到远处的街道去时，在陌生的小巷里，遇到过刚刚出生的几只特别可爱的小猫，好像是家猫。妻子不由停下了自行车，蹲下来看着它们。

"让主人给我们一只吧。要不，干脆抢走？"

我故意加重语气问妻子。她沉思了半天，

"还是不对。"

说完后，寂寞地笑了笑，站起了身。

在别院里装好的纸箱，依次堆在了主屋的榻榻米客厅里。可是，随着东西收拾得差不多了，别院里也开始堆起了箱子。

在和室的一角，只有一个箱子还没有被封起来。里面放着毛巾布，还有一枚带着竹笑鱼味道的碟子。

二十五

　　找到的新家是被二十棵榉树包围、专门用来出租的低层公寓。

　　在川崎和多摩也找过一阵，但是没有任何收获。再一次决定在附近找的时候，已经是七月中旬了。八月底这个期限马上就要到了，我们骑着自行车一个不漏地把周围的房产公司都找了个遍。突然想起四年前把我们带到房东家别院的那家房产公司，过去一看，妻子马上把目光停在了刚刚贴出来的一张介绍租屋的广告上。听公司的人说，屋子在树林中一栋公寓的三楼。

　　我们立刻骑自行车过，是一栋四十户左右的三层高公寓。在旁边的绿化区里，立着"区保护树林"的告示牌。二十棵大榉树并排而立，南边一片是这一带的地主的老房子。在和下一个站中间地段的岔口附近，只有这里还保留着老疏林。据说，公寓是三年前盖的，之前是高尔夫练习场。租金是现在的两倍以上，而且还需要保证人和收入审查。当然，一开始就规定不可以养宠物。

打算买房子时找遍了很多地方，每次都以叹息自己的微薄积蓄而告终。不仅如此，碰到的都是些不如意的房子。也就是说，不是房子不好。在找上一个租屋时，上上个租屋时，这个城市还不是现在这个样子。在这一带，老房子们也开始一个个被拆除，土地一块块地被分划。

总是伏案工作，用眼过度的我们意识到不能错过这间被绿色包围的公寓。而且，从这儿的话，走到小小的榉树只要七分钟。也许，是因为窗外榉树的摇曳身姿和小小家的大榉树重叠在了一起。

八月初，在付好定金的几天后，发生了一件事。每次独自散步时，我的脚步自然而然朝向了将要迁入的租屋的方向。

走到公寓下面，抬头看到的都是榉树的郁郁葱葱。

在 L 字形的公寓南边是被栅栏封了起来的绿化区，平常的时候不能进去。我们租的房间在从 L 字底部的楼梯上去的三楼。现在的住户还没搬走，所以只能从楼下仰望北窗。

绕到房子的右手边是一小块没有经过整理的空地，在我踩上凹凸不平的地面时，看到荒草地上躺着一只瘦瘦的母猫，肚子上趴着四只正在喝奶的小猫。被我的脚步声吓了一跳，刚出生一个月左右的小家伙们跳过母猫的肚子准备逃跑，又在那儿停住了，回过头往这边看。看起来在警惕这边的母猫还是悠然躺着，抬起的脸的右半部是白色，左半部是黑色，很罕见的花色。在它身后原地不动的小猫们每一只的花色都有点不同。大概是一种常见的玉猫吧，白色的毛上泛着几个灰墨色的圆斑点。

为了不打扰母猫喂奶，我没有再往前，离开了那片空地。

八月底我们搬了家。房东老太太的房子在那之后开始出售，但出乎意料的是没有立刻找到买家。

好像世间马上就要面临巨大危机。

郊外的房东老太太听我们打电话说搬到了走路只有十分钟左右距离的地方，在电话那边高兴地说：

"有空时帮忙看看院子我就放心了哟。"

于是，我带上钥匙，时不时走进了那个真的成了废园的地方。在老爷爷、老太太、妻子、小小，还有我自己都已经不在的庭院里，有时独自一人地站着。

二十六

　　四只小猫在公寓的绿树之间一颠一颠地跑来跑去。不仅黑白的猫妈妈在，深灰色的猫爸爸也在，是比较罕见的一家聚在一起生活的情景。

　　一到秋天，猫妈妈就不知去向了。一颠一颠的身影也从四只变成了三只。因为其中有一只和小小的花色特别像，我和妻子就把它们叫做"迷你小小们"。

　　三只小猫和猫爸爸总是待在公寓入口附近。不过，每次都是同一只小猫并拢前爪，举止端庄地坐在不挡道的树丛之间。而猫爸爸和其他两只小猫都躲在杜鹃花丛的后面。

　　不知道它们是怎么分工的，长得最俊俏的小猫就这样引起了居民们的关心。觉得它很可爱的居民们常常把食物放在路边的水泥地上。于是剩下的三只慢慢走出来一起吃。长相俊俏的小猫从来不自己先吃，每次都等其他的三只吃得差不多了才开始吃。

我们给"迷你小小们"三只都取了名字。长得最俊俏的那只叫"姐姐"、全身基本都是白色的看起来很坚强的那只叫"小白"、最蹒跚的背上的花色像乌龟壳的那只叫"河童①"。

谨慎安静的猫爸爸就叫"老爸"。

的确，姐姐很像小小。不过，小小给人一种神秘的感觉，好像要穿越人世间，不属于天也不属于地。而姐姐这只小猫柔软、平稳，是属于这个世界的东西。加上体型是洋梨有点偏圆的形状，尾巴短短的，好像从动画片里跑出来的小猫，容易亲近。

从外面回来的妻子说：

"姐姐又出来了。"

"那小家伙，是个小美人。"

---

① 河童是日本民间传说中的一种动物。和中国汉族民间传说中的水虎相似。高约六十厘米至一米，头上顶着碟子，有鸟喙、青蛙的四肢、猴子的身躯，背上背着乌龟壳。

"我送吃的过去。"

每当这样的时候，我总是回想起小小来到那个家，和妻子一起出去在小院里玩耍的情景。秋色深了，这一切渐渐成了日常生活中的一部分。

别的居民也很宠爱这一家流浪猫，妻子一定开始意识到是该做出决定的时候了。有一天晚上，"我去和它们玩。"一边说，一边带上了小杂鱼干，还有从放在壁橱里的小小的箱子里取出的旧乒乓球。过了好一会儿，妻子沮丧地回来了。

"它不玩球呢。放在它眼前，也没有反应，好像没有玩这个概念。"

说完后，又是一副想起小小的表情。

寒风开始吹起的时候，姐姐开始玩球了。深夜，先给流浪猫一家喂好食物后，等到居民们已经入睡的时候，就到了妻子和姐姐一起玩的时间了。在柏油马路上的话，乒乓球弹得太高，妻子就用一根小杆子上吊着小雪人的玩具和它在公寓的空地上玩耍。

其他的猫儿们只是躲在树丛里看着。姐姐在玩的途中，有时会突然伏在地面，开始咳嗽。每咳嗽一声，就把脑袋左右摇晃一下。在咳嗽声响着的时候，妻子和其他猫儿们都很担忧的看着它。

十二月中旬的一个晚上，姐姐战战兢兢地跟在小雪人后面爬到了三楼。

上来后，从铁门开着的缝隙往屋里看。不想勉强拉它进来，把拖鞋用门夹住，让门半开着，然后遵从姐姐的意愿。

它是第一次参观人家的内部，慢慢地、徐徐地，一边看一边走了一圈。然后，这位客人也一声不吭地从大门走了出去。再从那儿急匆匆地下了楼梯回到了野外的家人身边。

妻子跟着它一起下去了，看到把身子伏得低低的老爸在外面等着。当着妻子面，它用前爪拍了姐姐的脑袋一下。姐姐闭上眼睛，轻轻地叫了一声。

第二天，为了回九州参加亲戚的婚礼，我们出门了一个星期。婚礼结束后，在老家悠闲地逗留了几天。然后把妻子留在同在福冈县的娘家，我一个人回了家。快到家时已经夜深了。

在公寓入口，有一条让汽车进出的通道和一个供人过路的门厅。猫儿一家总是待在通道边上的树丛里，即使大门开着，也从来不会跑到排满了邮箱的亮堂堂的门厅里去。

整整一个星期，不知道它们有没有好好吃饭。我一边想一边拐过地主家大院的转角处，快要到公寓了，周围是郁郁葱葱的榉树林，显得格外昏暗，只有明亮的门厅浮现在眼前。然后，正是在我走近公寓入口的时候，从荧光灯的亮处，一个白色的小东西一边叫一边专注地跑了过来。

二十七

　　从那以后，姐姐开始按自己意愿，从公寓的楼梯爬上三楼进屋里来玩。而且时不时像纸糊的玩偶一样，把脑袋左右摇晃，不停咳嗽。我担心这样下去，它熬不过严冬。

　　为了让它随时都能回去，每次都用门夹住拖鞋。从正月初二那一天起，我们把门关上了。猫用的塑料厕所和堆在里面的砂子，是我们家新年买的第一样东西。

　　"下一个把河童也带进来吧。"

　　妻子说道。

　　在猫儿一家中，河童每次都跟不上大家，胆小怕事，很懦弱的样子。和姐姐一样，它可能也扛不住流浪生活。妻子好像想一个个地把一家子都接进来，可是，

137

现在才只有姐姐，就因为还不习惯整晚都叫个不停。这里是不可以养宠物的公寓，再继续把猫儿带进屋的话，等于要做好搬走的准备。

而且，河童不可能自己有力气爬上三楼。把小雪人扔进树丛中，它也完全没有想靠近的意思。要带它进来的话，必须想好一番策略。

虽然没有养云雀，家里却有一个云雀笼子。是用竹子编的高圆筒形的旧鸟笼。在笼门上布下机关，里面准备好食物，深夜里放到公寓后面的空地上等它出现——想出这个策略的人自然而然地成了实行者。

正月初七前的一个寒冷的夜晚，河童靠近了笼子。随后，它迟疑了片刻，静静走进了云雀笼里。

但是，此时，猎人却起了意料外的想法。我怎么也没能把捏在手里的、作为机关绕在笼门上的绳子松开。如果现在把笼门关上的话，河童一定会吓得在里面发狂。笼子怀抱一个打转的东西，一定会变成一个特别沉重的空间。河童能穿过这个空间成为我们家的猫儿吗？我只要把手松开，笼门马上就会被关上，可是怎么都没法做到。

一边警惕四周，一边把食物吃完后，河童和往常一样，蹒跚着在笼子里转过了身。不知道它是不是有点疑心，用圆溜溜的眼睛盯着这边看。战战兢兢着走出笼子后，又往这边盯着看了一眼。一开始慢慢地，渐渐开始像奔马一样，顺着榉树下的柏油马路跑了出去。

姐姐睡在小小曾经睡过的沙发上，戴着很相像的项圈，蜷成同样的勾玉形状。妻子深有感受地看着它说："我的猫。"

即使如此，到能把它作为独一无二的猫儿抱在怀里，似乎还需要一段时间。必须赶紧带它去医院看病，因此当务之急是要给它取个像样的名字。

二十八

　　八十年代中期高腾的股价和地价，到了一九九〇年的上半年突然往下跌。房东老太太开始出售房屋的那一年初秋，日本的经济已经开始不景气了。

　　一九九一年，泡沫经济破灭了，日本全国都陷入了一片混乱中。八月的一天，我无意中在电视里看到了一家住宅建筑公司的广告。

　　"建设住房，和教养一样，从父亲传教给儿子。"

　　画外音的腔调听起来不可思议地平稳。在被松树枝覆盖着的古色古香的大门前，一个父亲把手放在小学生模样的儿子的头上，一边催他鞠躬，一边笑着向过路人打招呼。在特意拍成了黑白的画面中，我觉得背景的房子的围墙很眼熟。

散步时顺便去看了看房东太太的房子，确认了一下围墙上围着的竹片的形状和泥瓦的颜色，广告里的果然是这座房子。

在那之前，趁地价高腾，建筑公司走的是催大家买新房子的路线。现在跌了，开始转换路线，从这个广告一眼就能看透建筑公司的居心。在广告中，貌似好像会留给后代的老房子实际上只是一个布景，内部已经荒废，等着被拆毁，不会留传给任何人。

那年夏天，用还放在我这儿的钥匙到里面看了看。庭院里长满了高高的荒草，池塘也干枯了，再找不到原来的情趣和动物们的影子。不知蓝蜻蜓怎么样了，还有大螳螂呢？齿叶冬青、杜鹃的枝叶也随意伸张，已不再是修剪好的半球形了。只有杂物间旁边的木槿花在轻柔的阳光中微微荡漾着花瓣。

一九九一年十二月，我和妻子一起去东京西郊的养老公寓看望房东老太太。我们闲聊了三个小时左右，其中涉及到了一点土地的话题。比想象中便宜好多的价格，还划分成了三块，才总算卖了出去。明年一月中旬，房子就要被拆了。

受老太太之托，几天后我们去看了看房子。小路的木板墙的一部分破了，都快要倒到院子里边去了。我采取紧急措施，把它稍微修整了一下。

正月初三，我们又去大院做了最后一次整理。顺便打算把我们种在院子里的麻叶绣线菊移到现在阳台的花盆里。锁眼可能生锈了，怎么也打不开门。只好让妻子从那个木板围墙的破洞进去，在里面把小门的木门闩拉开了。

夏天时的茫茫荒草全部枯萎了，终于成了真正的废园。庭院中央的土地里已经打上了用来划分土地的铆钉，数了数，真的是分成了三块。在马上就要被砍掉的树木中，只有梅花树的枝头上结满了花苞，看得眼睛一阵发酸。

抬头一看，只剩下光秃秃树枝的大榉树泛着被烟熏过的金属般的光芒，悠悠地飘拂在冬天的清澄的空中。

在妻子把麻叶绣线菊挖起来的时候，我走到别院的木板地房间里，把留在那里的藤制地毯卷了起来。那位曾经每天都来拜访的客人，从它专用的通道口进来时，最开始踩在地毯的哪个角上，我都记得清清楚楚。

默默走过种了芒草的那户人家门前，下了坡后，左边就是原来房东的家，现在已成了一大片空地。

十一月十六日晚上顺路去看了看。已经搭好了脚手架，橘黄色的工地用防水布围在围墙内侧，把大院四周都遮住了。那个木节孔再也不会把小路的路人倒映成任何图像了。据说，房子花了五天才拆完。

一月的最后一天，下午下起了雨。到了傍晚，雨变成了纷纷扬扬的大雪，开始积了起来。窝在家里工作了一整天，晚上我和妻子出门到银白色的街道去散了散心。吃完饭，往那个方向走时，雪越下越大了，踩在雪地上，不停发出沙沙的响声。

默默走过种了芒草的那户人家门前，下了坡后，左边就是原来房东的家，现在已成了一大片空地。邻家和闪电小路都完全暴露在大马路面前。

夜幕中，那是一片苍白的空地。

二十九

　　散文家 H 住在从东边穿过闪电小路往南走不到一分钟的地方，他是我的老朋友。在离得那么近的时候我们没有来往，现在一起合作一个项目，有时会一起坐电车回家。

　　H 是在一九五〇年，五岁的时候搬过来的。听他说起过，那时候家周围都是一片田地。他还想起来，坡下面横着一条小河，下大雨时常常会涨洪水。我问他："那条小路呢？"他笑了笑，一边点着头一边说：

　　"对，那个地方是个古怪的地方哦。在那么窄的地段，一直住的都是版画刻版师、植物学家、地质学家、音乐家、佛像摄影师之类的人。"

　　那时，还从 H 听到了一个意外的消息：小小的主人一家搬到郊外去了。那栋被大榉树保护起来的气派房子，我还以为他们会终生住在那儿。据说是为了孩子上学搬的家，其实好像有另外的理由。

看来，小小成了孤单一人。

我记得，小小是三月十一日死的，是一个月圆之夜。每年同一天深夜，我都会和妻子一起走到它最后倒下的地方——那户种了芒草的人家门前。等到没有人过往的时候，在小小倒下的地方放上两三只小杂鱼干，蹲下来合起掌拜一拜，然后慢慢地往原来的租屋的方向走。

可是，这十年来，每当我双手合十时，总是意识到自己根本就不相信小小是被汽车撞倒的。不过，我没有跟妻子说过。

原本就是一条很安静的马路。从车辆熙攘的大马路拐到这条坡上的车，从下面开到丁字路口的车，都会在这个地点把速度放得最慢。一边蹲着合掌祭拜小小，一边听汽车从背后开过去的声音，我想小小一定能避开汽车的。

那个三月十一日是星期天。我和妻子是在星期六的

147

傍晚去看了那个"捕捉闪电"的画家的个展。晚上十点过后回到家时，和室角落的纸箱里的猫食少了一点点。

十一日星期天时，从妻子放在碟子里的小竹筴鱼上，专用通道的木棉帘子上，都找不到小小来过的痕迹。按邻家太太的描述，小小不是十日，是十一日晚上倒在马路上的，我的备忘录里是这样记着的。备忘录中还记着：一直到十一点，小小都和家人睡在一起。

一件事情的来龙去脉，是和无限的现实要素结合在一起的，绝对不可能按其他顺序发生。可是，记忆却是一种朦胧的东西。记忆中最后的小小，是我和妻子出发前看到的背影。因此，不知从何时起，我一直误以为小小是在十日晚上十一点半倒下的。而且，还一直误以为每年在十一日祭拜小小是因为它是在十一日凌晨时去世的。就这样，几个误会重叠在了一起。

在"死"这个事实面前惊慌失措，而没有看清关键之处。当这部小说写到了最后阶段时，我重新整理了一下事情的来龙去脉，终于发现了自己的误会。

也就是说，从三月十日晚上十点到十一日晚上十一点，这段时间小小平安无事，却没有来。也就是说，每天那么频繁地前来拜访的小小，受伤时特意过来给妻子看伤势的小小，在去世前的那一天没有来。这样的事情是不可能发生的。可是，这样的事情的确发生了。

也就是说，小小用和平常不同的方式度过了生命中的最后一天。我真的很想知道，小水滴般的那一天发生的一切。可是，好像一切都已被时间的黑洞所吞没。

"种了芒草的那户人家附近，小小自己是绝对不会去的。"

备忘录中还记着邻家太太的这句话。

图书在版编目（CIP）数据

猫客／（日）平出隆著；李满红译.
—上海：上海译文出版社，2018.4
ISBN 978 - 7 - 5327 - 7626 - 9

Ⅰ．①猫… Ⅱ．①平…②李… Ⅲ．①中篇小说—日本—现代
Ⅳ．①I313. 45

中国版本图书馆 CIP 数据核字（2017）第 230577 号

图字：09 - 2015 - 840 号

猫客 猫の客	［日］平出隆 著 李满红 译	出版统筹 赵武平 责任编辑 刘 玮 装帧设计 汐 和 插 画 昆特·布赫兹

上海译文出版社有限公司出版、发行
网址：www.yiwen.com.cn
200001 上海市福建中路 193 号 www.ewen.co
浙江新华数码印务有限公司印刷

开本 787×1092 1/32 印张 5 字数 38，000
2018 年 4 月第 1 版 2018 年 4 月第 1 次印刷

ISBN 978 - 7 - 5327 - 7626 - 9/I·4671
定价：38.00 元